红棉花开

天地间的诗光梦影

唐德亮 著

中国纺织出版社有限公司

内 容 提 要

《天地间的诗光梦影》是作者的第一部散文诗选集。全书分"瑶风壮韵""履痕处处""热血英魂""心灵底片""春华秋实""童心不老""生态诗情"七辑，共收录作品一百二十多篇。这些作品有的描绘民族风情、歌颂祖国山河、礼赞革命英烈、慨叹改革开放与国家的沧桑巨变，有的抒发对人生、社会与历史的感悟，有的书写童真世界，有的点赞生态文明，均充满了正能量。

图书在版编目（CIP）数据

天地间的诗光梦影 / 唐德亮著. -- 北京：中国纺织出版社有限公司，2025.2
（红棉花开）
ISBN 978-7-5229-1776-4

Ⅰ.①天… Ⅱ.①唐… Ⅲ.①散文诗-诗集-中国-当代 Ⅳ.①I227.6

中国国家版本馆CIP数据核字（2024）第096291号

责任编辑：刘梦宇　　责任校对：高　涵　　责任印制：储志伟

中国纺织出版社有限公司出版发行
地址：北京市朝阳区百子湾东里A407号楼　邮政编码：100124
销售电话：010—67004422　传真：010—87155801
http://www.c-textilep.com
中国纺织出版社天猫旗舰店
官方微博 http://weibo.com/2119887771
北京虎彩文化传播有限公司印刷　各地新华书店经销
2025年2月第1版第1次印刷
开本：880×1230　1/32　总印张：72
总字数：890千字　总定价：680.00元（全9册）

凡购本书，如有缺页、倒页、脱页，由本社图书营销中心调换

作者的慧心慧眼

王光明

唐德亮是一个有成就、有特色的瑶族诗人。他的《苍野》《深处》《地心》等诗集，写出了"入脑、入心、入髓"的地气。这本《天地间的诗光梦影》，则通过散文诗体裁容纳细节和随物赋形的长处，抒写了自己民族的历史与现实，这是融化在风情民俗中，像《瑶排》一样体现在意象与意境中的历史与现实，被作者的慧心慧眼所捕捉，成为瑶族文化现代转型的见证。

王光明：著名诗论家，首都师范大学文学院教授、博士生导师，福建师范大学特聘教授。曾担任中国"鲁迅文学奖"、美国"纽曼华语文学奖"（Newman Prize for Chinese Literature）评委。著有《散文诗的世界》《灵魂的探险》等，其《散文诗的世界》被认为是"我国第一本散文诗理论著作"。

读唐德亮散文诗集《天地间的诗光梦影》

杨志学

唐德亮的写作以诗歌为主,在写作分行诗歌的同时,也不时写下一些"诗性散文",即人们习惯说的散文诗。近年来,他在散文诗写作方面的用力增多,数量上也达到了一定规模,这样他的一部散文诗集出现在我们面前也就不足为奇了,而且应该说是一件水到渠成的事情。

浏览这部散文诗集,我首先感觉到,唐德亮的散文诗,是他诗歌写作的自然延伸和有效补充。之前,通过唐德亮发表的大量诗歌作品,尤其是他业已出版的近10部诗集,我们已经领略了他诗歌创作的总体成就,那么,他这部散文诗集的出现,又向我们传达了怎样的信息?我觉得这里传递出来的信息就是,他的写作在拓展,在延伸。因为散文诗的形式不同于诗歌,它可以更从容,叙述更多的内容,表达上不会过于刻意或拘谨。就以这部书第一辑"瑶风壮韵"来说，唐德亮是瑶族人，他一直想以诗歌形式来为本民族代言，但分行诗有其局限性，而采取散文诗的表达会相对便利和灵活一些，所以我们看到，唐德亮荡着散文诗的轻舟向我们靠近，写出了《长鼓舞》《瑶排》《讴莎腰》《瑶家温沽节》《汪嘟舞》《芒笛》《瑶寨新年》等一篇篇洒脱、灵动的散文诗，它们从不同的角度，丰富地展现了瑶族的独特风情。这样的散文诗，也在形式上拓宽了诗人的写作路径，可以弥补分行诗歌在叙事方面的一些缺憾。

唐德亮的散文诗视野开阔，聚焦生活的方方面面，而在驾驭不同题材时，他在笔法上又常常能够做到灵活多样，突出亮点。除了上面说到的描绘浓厚民族风情外，其他诸如礼赞祖国山川、展现故乡巨变、回忆童年往事，以及礼赞英烈、为生态之美放歌等主题，都在他笔下化作一篇篇或激越铿锵或悠扬舒缓的散文诗章。

读唐德亮的散文诗，触发了我关于散文诗文体的一些思考。散文诗在现代中国是一种相对独立并愈益成熟的文体，拥有广泛的作者和读者群体。一方面有许多作者在专一从事着散文诗的写作，另一方面也有一些作者是在诗歌写作的同时兼及散文诗，唐德亮便属于后者。这涉及诗人的文体拓展和文体创新意识。我们知道，大诗人艾青在创作中曾经强调和追求诗歌的散文美，但他几乎只写诗而并没有创作过类似鲁迅《野草》那样的散文诗。艾青的一些精辟洒脱的诗论，读起来倒是有点散文诗的味道。同时我们也注意到，当代有一些知名的诗人，如昌耀、西川等人，他们后来的诗歌写作都明显融入了大量散文诗的因素。他们未必是在追求诗歌的散文化，更大的可能是为了更新人们的诗歌文体认识。而唐德亮，以及其他许多诗人的做法，则是依然保持着明确的文体分野意识：一方面坚持诗歌的分行浓缩、节奏跳跃等美学表达，另一方面在需要较大叙事容量时选择了散文诗这一新的文体。

唐德亮的诗歌写作已经走过了四十年的历程，在广东乃至全国范围内都是一位有自己的梦想和追求并因此引起人们较大程度关注的诗人。祝贺唐德亮散文诗集《天地间的诗光梦影》的出版，祝贺他呈现的新天地以及带给我们的新体验！

杨志学：笔名杨墅，著名诗歌评论家、诗人，文学博士，中国作家协会会员，编审。历任解放军外国语学院副教授、《诗刊》编辑部主任、中国诗歌网负责人、中国作家出版集团文学与出版管理部主任等。曾任中国"鲁迅文学奖"评委。

让乡情闪耀诗意的光芒

——读唐德亮的散文诗集《天地间的诗光梦影》

蒋登科

瑶族诗人唐德亮的《天地间的诗光梦影》共收录散文诗121首，是诗人长期以来创作的散文诗作品的汇编，按照题材、主题分为"瑶风壮韵""履痕处处""热血英魂""心灵底片""春华秋实""童心不老""生态诗情"七辑，数量最多的是"瑶风壮韵"，其次是"心灵底片"和"生态诗情"。从这种编排上，我们可以大致了解诗人较为关注的领域。

对家乡的关注在唐德亮的诗歌作品中一直占据重要位置，这一方面说明家乡对他的成长、发展产生了很大的影响，另一方面也体现了他对家乡的关心、关注和关爱。家乡的山水自然、历史文化、风土人情是唐德亮书写最多的话题，他甚至把年轻人的爱情、友情和家乡的民风民俗拆分成一个一个的小触点，以诗的方式进行多角度、全视角的打量，也写出了瑶族山寨的多种变化，使读者可以对他的家乡获得更全面的认知。他的不少作品涉及当地方言，诗歌使用方言一直是一个具有争议的话题，如果不使用，就可能失去一些细微的体验感，但如果使用太多，其他读者可能难以理解。唐德亮是明白这个道理的，他在涉及方言的作品之后附录了丰富的注释，使我们在感受独特文化、风俗的同时，又能获得良好的阅读体验。我相信，唐德亮在使用方言上是有过纠结和思考的，由于历史和文化的独特性，有些细腻的情感、情态，只有通过方言才能更好地表达，而为了让读者更好地阅读，他必须在不同的文化之间找到一架可以沟通的桥梁。可以说，唐德亮在抒写乡土乡情方面的尝试，是有益且有意义的。

在《瑶排》《讴莎腰》《汪嘟舞》《格洛档》等作品中，我们可以读出瑶族的历史、文化、风俗，读出瑶族人的精神风貌；而在《山寨流韵》《山里人》《瑶山的早晨》《沙水冲的路》等作品中，我们可以读出瑶乡的新变，读出瑶山人对家乡的热爱。可以说，德亮对瑶族山乡的抒写，既有历史感，又有当代性，对于我们以诗的方式了解瑶乡及其变迁，具有不可忽视的价值。

诗歌在本质上是诗人人生体验的艺术呈现，无论什么题材，都是经过诗人情感的选择、心灵的洗礼之后才能成为诗篇的，每一篇优秀的作品都包含着诗人的人生底色、情感状态、精神向度。这一特点在诗集"心灵底片"这个部分体现得尤为明显。诗人的情感、思想、人生态度通过他熟悉的外在物象、事件，抒写得更加丰满。

恰如唐德亮在《爝火》中所说："我甚至想我也成为一束爝火，因为，我也有心，有血，有肉，有魂，有骨髓……"通过一团火，一团小小的火，诗人发现的是真实的人生，是有灵魂的人生，是坚硬的骨头。在《生命河》中，诗人说："生命是一棵树，它总是拼命向上，伸向蓝天，吸取阳光、空气、养分。/经受雷暴袭击后，它定然会长成千姿百态的景观。"更感受到"生命的可爱可贵在于，它是否给人留下比生命更宝贵的东西"。作为诗人，德亮对诗人有着自己独特的理解，在《诗人》中，他多角度地抒写了诗人的特点与价值：

另一种光芒。

灼灼地，舔破夜幕。

心的燃烧，感情的燃烧，照亮人们的目光。以思想的光焰，进入人们的灵魂。

征服愚顽，洞彻黑暗。美丽又朴实的外衣和内涵，使少年成熟，使老人年轻，使孱弱者坚强，使贫乏者丰富，使单调者多姿。

当然也有人鄙视你。

那是无知耻笑智者，是小草讥笑大树，是乌鸦讥笑凤凰。

你吹奏不息的江河，弹拨七彩的音符，催生永恒的绿叶，催绽一簇簇心灵的玫瑰。

有了你穿越时空的声音，我们的精神里便有了一种高贵的血液。

生命，于是步入了自由飞翔的青春世纪。

"光芒"是诗人、诗歌的核心追求,这种光芒,"使少年成熟,使老人年轻,使孱弱者坚强,使贫乏者丰富,使单调者多姿"。当然,他也发现了有些人的"鄙视",这其实是在一种物质化、实用化的文化语境中,"实用"对"非实用"的遮蔽与挑衅,"是小草讥笑大树,是乌鸦讥笑凤凰"。优秀的诗人不会因为这些外在的杂音而动摇自己的选择和思考,他们用"穿越时空的声音",为我们补充"一种高贵的血液"。这是唐德亮的自我追寻与自我提醒,我们也可以从中感受到当下诗歌的处境,而那些坚守者,最终会成为精神的富有者。

在诗人的自我审视中,我们可以读到诗人对一些社会现象的关注和批判,读到对弱者的悲悯与温暖,读到孤独与落寞,读到悲愤与情怀。在历史长河中,在宏观视野中,"人生"或许能提炼出一些共同之处,但每个人的经历、情感、人生其实是存在很大差异的,在唐德亮的作品中,我读到了他面对人生、现实的各种样貌时所体现出来的正直、善良与关爱。

对于生态与环境的抒写,是当下诗歌的重要题材和主题之一。其实,对于具有乡村经历的诗人来说,这种关注是与生俱来的,是从骨子里生长出来的,他们与自然具有一种天然的和谐关系。这种关系打破了人类中心意识,让人与自然相互尊重,共同成长。因此,唐德亮创作生态方面的诗,具有独特的优势。他写森林,"森林是飞禽走兽的母亲,也是我们人类的母亲""浓碧的翎羽,升高了我腾飞的灵魂"(《森林畅想》);他写沙漠的变迁,"炎热、干旱的戈壁沙漠变成一个水草丰茂、绿海如浪、花繁果硕、异彩纷呈的世界。""春天苏醒，春天在这里生根、开花、铺展，且不会凋谢。"(《沙漠奇观》)；他写人类为保护自然做出的努力，他们藏起了猎枪，"没了猎枪的大森林，天人和谐，万物在自由蓬勃地生长……"(《藏起来的猎枪》)。他也写苗圃、胡杨林、沙枣林、湖泊、瀑布，都是在赞美或者渴望人类有一个美好的家园。从这个角度说，德亮写瑶族乡村的作品，有很多其实也揭示了人与自然的和谐，而且这种意识已经融入了乡亲们的生命，成为一种文化、一种习惯，体现出对生命的敬畏与呵护。

其实，唐德亮的散文诗所观照的领域远远不止这几个方面。他写过行旅的感受，写过童心的绚烂，写过时代变迁，写过宏大的热血英魂，这些是他几十年来关注和思考历史、文化、现实、人生的诗意收获。集中在一起，我们就可以得见德亮作为一个诗人的视野、胸怀和他的人生之思。

总体来看，唐德亮是一个对现实有热情的诗人，他的作品虽然涉及历史、文化，但这些题材和主题都是融入在他对现实的感悟和思考之中的，其目的是在较为开阔的视野中对现实挖掘得更深一些，思考得更全一些，把握得更准一些。这对诗人的观察、提炼之功提出了较高的要求，因为诗歌不是描写世界，而是感悟世界，不是对现实的摹写，而是情感与精神的提升。

唐德亮的散文诗是朴素而真诚的。他让外在世界以自身的样貌在作品中呈现，不过度雕饰，不过度使用华丽绚烂的词语，不对语言的自然特征进行过多的扭曲变形，读起来流畅自然，犹如小溪流淌，潺潺而来，叮咚而去，溪水与溪岸相互塑形。他的散文诗在语言与情感方面达成了一种和谐的配合。这可能和他的个性、经历、情感有关，不需要华丽，只是淡然而自然地呈现自身品质。

蒋登科：著名诗评家，教授，曾任西南大学中国新诗研究所所长。出版诗论诗评专著多部。

诗光梦影寄深情

——读《天地间的诗光梦影》

张器友

唐德亮是 20 世纪 80 年代以来的杰出诗人。他一直坚持底层诗人"接地气"的本色,抒写民族性与时代性浑融一体的诗情。

唐德亮以写自由诗为主,散文诗似乎不是他的主业,这本散文诗选是他在这个领域的重要成果。

他出身岭南连山壮族瑶族自治县的一个瑶族家庭,瑶乡、壮乡生活和社会风情是他得心应手的诗题,自由诗是这样,散文诗也是这样。打开这本散文诗选,一股浓郁的瑶乡、壮乡风情扑面而来。诸如瑶排、腊匪节、追天灯、筛新娘、泼水节、扫脚印、长鼓舞、贺年锣鼓等等,在诗人笔下无不焕发出清新奇美的诗情。当歌唱这些的时候,诗人总是把地域、历史与时代,经由与特殊风俗的融合呈现出来。它们清奇美丽却又诚朴厚重,焕发着积极、热情、向上的力量，并非"时代平均数"一类的、另一土地上可以产生的作品。正因如此，他被一些研究者称为"岭南民族乡土诗人的代表"。

不过，唐德亮写作的意义并不止于此，他抒写的不仅是瑶乡、壮乡的风情民俗，更是借由这一特殊领域抒写中华民族的当代诗情。他的作品也不只是题涉瑶乡、壮乡生活，而是题涉一个广大的声光焕发的世界，他的长诗《惊蛰雷》就是一个广阔的政治、文化题材作品。就这本散文诗而言，除"瑶风壮韵"外，其他如"履痕处处""热血英魂""心灵底片""春华秋实""童心不老""生态诗情"诸辑，大多数诗篇抒写的都是瑶族和壮族之外的广大天地。他呈现给读者的是一个中华子孙发自内心地对底层百姓、英雄先烈、人生际遇、自然生态等的倾情歌唱。其中，有关于革命先烈和普通劳动者的诗篇，诗人歌唱革命先烈"汇入历史波澜的壮丽与浩瀚……在澎湃的涛声中永恒"（《在澎湃的涛声中永恒——写给彭湃》），歌唱劳动英雄向秀丽"花一样的青春，披着烈焰的身影，在历史的影像与记忆中定格"（《烈火英姿——写给向秀丽》），歌唱架线工"手中流出神奇的弦索，流出无声的旋律，流出缤纷的情思"（《手中流出神奇的弦索》）……这些被先锋者"告别"了的题材，在唐德亮这里重新焕发出灼人的光芒。所以，就根本而言，跟现代文学史上那些杰出的少数民族作家如老舍（满族）等人一样，唐德亮也是这个时代中华民族诗歌中的一名优秀代表，他个性鲜明地谱写了中华民族复兴时代的民族精神。

散文诗不同于散文的地方在于它是诗，不同于自由诗的地方在于它兼取了散文叙事的某些功能，实现以诗为本体、以散文为属从的抒情要求。唐德亮的这本散文诗选，让人体会到他自觉信守了散文诗创作的精要，实现了具有个性特征的艺术创造。他的散文诗，由于散文体式的介入，形式更见自由，并且没有了形式上的押韵，不大讲究"外在律"。但这不是没有音乐性的追求，他是靠诗情内在韵律的张弛起伏，来求取诗歌的音乐性。他的诗情表达舒放而又内敛，自由而又富于包容性。他遵循情感逻辑和诗歌表达要求，诗歌结构自由舒放，调控有秩。他的那些优秀作品，总喜欢选择一个生活小故事或生活场景，在叙述（含议论）中抒情，充分展现内在情感的起伏，并且经过适度的把控，最终实现诗情和理趣的抒写与升华。《瑶排》《古哟咿》《壮族追天灯》《喀纳斯湖》《触须》《风中的黑鸟》《黎明潮》《河边的草》等等，都大抵如此。这类诗歌，结构虽不完全相同，但都是特定情境中的抒情主体对外在世界的自由组接和再创造，交给接受者的不是一个故事结构，而是一个情感结构，一个抒情艺术的有机体，叙述（含议论）就是抒情。

而且，一般说来，唐德亮不大喜欢写实性抒情。这种艺术有机体，来自生活，得散文体式之助，生活气息浓厚，多数篇章都具有风俗画的美感，但诗人并不满足于此，他要特别进行一种主观性极强的意象营构，要创造一个气韵生动的意境。或者说，他是把叙述（含议论）与意象营构结合起来，自觉进行意境的创造。《古哟咿》唱述壮乡"黑火节"，夜晚一群壮家汉子在老人的号令下挥舞火把烧毁了黑屋。在简约的叙述过程中，诗人唱道："再添一把草，让火的精灵与火同舞，舞出火的影子、火的性格。"最后又唱道："摸黑回家。没了火把，他们也不会走错路。因为，人人眼中都有一束火，它会引领他们走过黑暗，走进自己的门楣。"显然，诗人交给我们的既是一幅风俗画，又是一个蕴含了生命激情的意境，一个整体性象征，他由一场具体的仪式抒写了壮家儿女告别黑暗、拥抱光明的奋发精神。再如《风中的黑鸟》："你翔旋、俯冲、攀升，生命的热能在耗散与集结，在舒展释放。/风，是你的伴侣，又是你的敌人。纵使他对你怀着恶意，妒忌你的矫健与坚韧，但你毫不在意，任由他鞭打、撕扯、纠缠。/云朵，洁白绵软，揩去了你的几星鲜血。/星星，金色而微弱的火焰，使你感到一种遥远的祝福和温暖。"以黑鸟为中心的风、白云、星星等构成的壮阔场景，分明是诗人创造的一个壮美意境，它成功歌唱了向往光明、争取光明的战士、英雄，乃至一个民族的情怀。

唐德亮走上创作道路时，诗坛关于"现代派"和"朦胧诗"讨论的影响还十分突出。他不像处在"崛起论"裹挟的核心地带——"学院"里偃伏于泛滥不息的西化思潮的某些年轻人，而是在生活的底层，感受到了社会变革的律动和人民探求新生活的热望。受益于社会民主和文化开放，他自觉借鉴西方现代主义、后现代主义诗潮中的有益成分，譬如对丑的开掘、意象抒情、整体象征，但又特别继承和光大了五四新诗、五四后左翼诗歌和中国古代诗歌的优良传统。其诗情的表达不作非理性主义的无任宣泄，不搞"反传统"的所谓"革命"，而是自觉审视和转化传统，探求传统的现代化；

不作狭隘自我的潜意识低吟或嚎叫,而是站立在底层百姓当中自由抒写独具个性的底层风景、底层心声。他守正创新,彰显了20世纪以来人民新诗歌的希望,他的抒情短诗和抒情长诗是这样,这本散文诗选也是这样。出于这个缘故,本人写出如上的话,以为序言,恳请读者、作者批评。

张器友:著名评论家,安徽大学文学院教授,有《李季评传》《现当代文学思潮散论》《读贺敬之》等多部专著。

颇有民族志书写的意味

邱婧

早在数年前，我从事珠三角地区少数民族文学创作调查时，就已经注意到瑶族作家唐德亮的作品。他擅长创作诗歌和散文，颇有民族志书写的意味。散文诗集的第一辑就是"瑶风壮韵"，作为广东少数民族地区生长的作家，他笔下的地理景观、人文风物与瑶族、壮族聚居区的民俗传统息息相关。他的散文诗中，不仅有古老的传说、习俗，还有对当下现实生活的观照，比如易地搬迁。值得一提的是，他将方言、地方性知识巧妙地融入个人创作中，长鼓舞、过山榜、行路歌、婚礼、新年，对日常生活的聚焦关注似乎成为创作者的本能。当然，这本书不止于此，书中还有对外部世界采风的描述，作者对于西部的想象大胆而热烈，对于荒漠、废墟和未知的地方性知识充满好奇的想象；除此之外，书中还有很多作家多年前创作的散文诗作品，即使已经得到广泛的传播，也值得再次品读。

邱婧：著名评论家，广东技术师范大学教授，广东省青年珠江学者。

行间字里洋溢着天籁

——唐德亮散文诗选《天地间的诗光梦影》序

徐启文

近日,捧读《清远日报》原副总编辑、清远市作家协会原主席、好友唐德亮散文诗选《天地间的诗光梦影》,顿觉如酒馨香馥郁,如花赏心悦目。我眼前仿佛流过清明高远的北江水,它孕育了故乡清远——"中国乡土诗城"与"中国生态诗歌之城"。

古人云:"风云吐于行间,珠玉生于字里。"唐德亮《天地间的诗光梦影》,涵括7辑121篇,给篇幅短小、语言精悍的散文诗增添了厚重丰硕的感觉。

唐德亮出过多本诗集,我为其1999年出版的第三本诗集《微笑的云》,写过序言《诗贵空灵》。"十年尘土湖州梦,依旧相逢。"如今他又出版散文诗选集,再约我写序,我当然欣然应诺,但他已是今时不同往日了。

什么是散文诗？

散文诗鼻祖、法国诗人波德莱尔说："足以适应灵魂的抒情性的动荡，梦幻的波动和意识的惊跳。"茅盾认为，散文诗是"散文型的诗"。艾青说，散文诗是"带有很浓的诗意的散文；以散文的形式写的诗；抒情的散文"。巍巍说："散文诗是一朵花。"柯蓝、郭风对散文诗亦有不同的表述，这里不一一列举了。

在中国新文学中，散文诗是一个引进的文学品种。"散文诗"名称的出现与外国散文诗的译介相关，最早出现在1918年《新青年》第4卷第5期上。散文诗文体在二十世纪三四十年代到九十年代发展并不稳定，在六七十年代以"花边文学"出现在一些报纸副刊上，在八十年代中后期到九十年代初风行神州，出现了散文诗创作热和研究热，散文诗的文体独立性逐渐呈现。

一般认为，散文诗是兼有诗与散文特点的一种现代文学体裁。它融合了诗的表现性和散文描写性的某些特点。抒情、哲理、内在音乐性是散文诗的三个要素。

"诗者，根情，苗言，华声，实义。"没有生活体验，没有切身感受，没有高尚情操，又何来诗之根本，诗之苗叶，诗之花朵，诗之果实？唐德亮散文诗选《天地间的诗光梦影》，是诗人情绪、情思、情怀的升华，是弘扬传统，摒弃虚浮假象的真诗、好诗。我以为它有可贵的"七美"。

"瑶风壮韵"——民俗文化的本源美

自远古时期人类民智渐开,开始以绳索打结来记事以来,人类的文明也逐步发展起来。先人的智慧和血汗,锻炼成华夏五千年的文化,交织成民俗文化与各地风土人情,代代相承,展现泱泱国风。

一方水土养一方人,一方山水有一方风情。出生于粤北瑶山的唐德亮,瑶山藏着他生命的根、精神的脉搏;藏着他跳动的诗心、美妙的歌喉——

请读《瑶排》:

雉翎,是瑶排的花朵。像一簇七彩的火焰,将生活点染得摇曳多姿。

酒,是瑶家的血与魂,能使瑶家的男人更加剽悍、勇敢、刚强。

歌,是瑶人的另一种生活方式。此起彼落,或雄浑,或甜嫩,或豪放,或悠扬。……

…………

入夜,山寨的梦也已不再深邃,而是填满了欢乐与希望的音符。

再读《古哟咿》:

……一支火把,两支火把,三支、四支……无数支火把投向草屋,顿时,草屋熊熊燃烧,烧红了壮乡的一角天空。竹筒被点着,

"噼啪"作响，寂静的壮山仿佛炸响了一串欢乐的爆竹。

…………

"表谢吆！""哟唧！"一声声祈求，一声声心愿，在夜空中回荡。

"瑶风壮韵"共36篇散文诗。唐德亮抒写了瑶排、讴莎腰、温沽节、古哟唧、扫脚印、追天灯……的瑶族壮族风情、风物、风俗，其创意深远，表现了深刻的爱与美、欢乐与憧憬的艺术境界，乃是民间文化的本源。

鲁迅说："歌，诗，词，曲，我以为原是民间物。"我认为，艺术源于生活，文学来自民间。各种文学体裁大都来自民间，民间文学是作家文学产生的源泉。唐德亮散文诗的"本源美"，实属难能可贵，不可多得。

"履痕处处"——生命历史的灵魂美

"洛阳亲友如相问，一片冰心在玉壶。"生命、江山、历史、行吟，是诗人们的永恒主题。自古以来，生命在与社会、自然的碰击中，呈现出千姿百态的面貌，诗人们几乎无不讴歌过生命；历史是一面镜子，也是一本深刻的教科书，诗人们几乎无不对历史做出自己的思考……诗人唐德亮也不例外。

请读《戈壁红柳》：

是谁，让一个不会说话的生命，用它的绿，用它的红，与天空对话，与荒野对话，与历史对话，与未来对话。

…………

硬朗的绿，熊熊的红，缱绻在失血的漠野，翩翩于野火焚烧过的苍茫辽远的氤氲。

再读《红丘陵》：

炫目的苍穹下，旖旎的红丘陵浮荡着一片朦胧的灵气。无数的渴望都动情在这野性的波浪里。红男绿女伴着铜鼓的呼唤，为寻找暖色的太阳如夸父逐日匆匆前行。

…………

红丘陵，红丘陵！你是东方地平线上颤动的温情，是我赤裸裸灵魂绝妙的归宿。

"履痕处处"共12篇散文诗。唐德亮采写了戈壁红柳、交河故城、红丘陵等名胜古迹。他回首履痕处处，尽情联想，由此及彼，由浅入深，由实而虚，使作品展现出深远的思想。他看到了古老与年轻，历史与未来；他听到了那渐去渐远的脚步声，走到一个遥远的美梦里。

在现世安稳的当下，我们不仅需要把目不暇接的生活看清，也需要向历史的深处寻觅各种痕迹。看透现实，照亮未来，我看到了唐德亮散文诗的"灵魂美"。

"热血英魂"——人生如歌的血性美

人生，人的一生。人生就是一条没有修好的路，我们都在路上。

人们总爱追问人生的意义。当一个人开始自强和自立，选择了前方，就要义无反顾地前行。

古诗曰："人生自古谁无死？留取丹心照汗青。"唐德亮说："在澎湃的涛声中永恒。""英雄不朽，松柏常青。"

请读《在澎湃的涛声中永恒——写给彭湃》：

熊熊大火，一下烧毁五百多张你自己彭家"田仔"——佃农的地契。

…………

澎湃的潮声，汇入历史波澜的壮丽与浩瀚。

你在澎湃的涛声中永恒……

再读《松柏常青——写给赖松柏》：

好一株巍然挺拔、葳蕤葱郁的大树。

…………

九十多年过去，那声"赖松柏在此"，视死如归，感天动地，浩气干云。

"赖松柏在此"——"英雄在此"！

英雄不朽，松柏常青。

"热血英魂"共9篇散文诗。唐德亮尊崇英雄，赞颂了彭湃、赖松柏、朱永仪、向秀丽等革命烈士；他赞扬了现今抗疫中涌现出的无数白衣天使、志愿者。他的散文诗情景交融，感情真实。我们看到了热血与英魂，壮丽与浩瀚。

人的一生不只琴棋书画与柴米油盐酱醋茶，还有高贵的精神世界。高贵的精神世界，就是民族需要英雄，人民需要榜样。唐德亮的散文诗，人生如歌"血性美"。

"心灵底片"——思想之梦的磨炼美

心灵？指内心、精神、思想等。什么是思想？我们的思想追求的是什么？

苏联著名教育家苏霍姆林斯基说："思想是根基，理想是嫩绿的芽胚，在这上面生长出人类的思想、活动、行为、热情、激情的大树。"

古诗曰："不畏浮云遮望眼，自缘身在最高层。"唐德亮为此写出了"心灵底片"首首诗。

请读《爝火》：

爝火如天籁之音，从遥远的天际传来。

…………

从那一天起，爝火便在我的心中燃烧，此后再也没熄灭过。

…………

我甚至想我也成为一束爝火，因为，我也有心，有血，有肉，有魂，有骨髓……

再读《思想者》：

黑夜披着黑色的裙纱潇洒地降临。拒绝一切酒楼歌榭的诱惑，远避物质的骚扰，我走进了历史的隧道，一些永恒的人物与我相遇，一些闪光的思想与灵魂撞进了我的思想。

…………

夜，已酣然入睡了，而思想者的灵魂仍在躁动着，思想者的思想仍在醒着，思想者的血液在奔腾着，其翅膀在飞翔着……

"心灵底片"共26篇散文诗。唐德亮写了《爝火》《磨刀石》《花之魂》《河边的草》等，他为笔下描写的火、石、花、草……潜心注入了丰富的社会内容。他的散文诗作品，托物言志，寓理于景，表现出深刻的思想，具有思想之梦的"磨炼美"。

"春华秋实"——激荡岁月的情怀美

回望波澜壮阔的 20 世纪 80 年代，地处粤北北江中下游的清远建成地级市。改革开放改变了每个人的命运，人们的脸上总是带着明媚的笑容。大家的热情和潜力迅速被点燃和激发，每天都有新的东西接踵而至，令人目不暇接。在这个激情燃烧的岁月，唐德亮以敏感的笔触，写下了当时人们最真实最动人的生活画面。

请读《北江弄潮》：

北江河在春风的感召下，在骚动，在苏醒，在呼啸。

…………

看，浩浩北江，千帆竞发，百舸争流，弄潮儿正英姿焕发，在汹涌奔腾的潮声中，将航船驶向更灿烂的遥远。

再读《清城赋》：

美哉，清城！壮哉，清城！

…………

清城，粤西北之明珠，珠三角之桥堡，金色凤凰飞上高空，辉煌大业写进历史。登高览胜豪情壮，无限风光涌笔端。区区小文，以记其盛。正是：伟业新章正奋写，鸿篇巨制待后人。

"春华秋实"共10篇散文诗。唐德亮捕捉住改革开放生活日新月异的"跳跃式"变化，用"情绪跳跃"的语言，写了《北江弄潮》《清城赋》《一方沃土》等作品。散文诗的独特在于它的"动荡、波动、惊跳"。唐德亮"跳跃式"的散文诗，表现了那个最难忘的极具创造活力的年代。我以为，这份追求理想的洁净感情，颇具激荡岁月的"情怀美"。

"童心不老"——童心天性的纯朴美

童心，孩童纯真无邪的本性。
中国有句最富童趣的诗："儿童急走追黄蝶，飞入菜花无处寻。"
睿智的人虽已工作多年，但仍葆有一颗纯真的童心。唐德亮的内心就保留着童子的一角，保留着与生俱来的童心。

请读《草莓》：

披一身暖融融的阳光，迎着暖融融的春风，跨过脚步匆匆，在唱歌，又像在嬉闹，像跳舞，又像在欢笑、在絮语的小溪，哦，我们终于见到草莓。
　　……………

我看见，背篓中的一颗颗红草莓都笑了，笑得那么纯朴、甜蜜，仿佛它们都明白了我们的说话，我们的心愿。

再读《希望小学》：

我们的琅琅书声，窗外的花蕾听了，高兴得绽开了花瓣；我们的悠扬歌声，窗外枫树林上的鸟儿听了，兴奋地扇动着翅膀，唱着它们的歌应和。……

…………

这就是凝结了多少好心人心血的希望小学。她埋下的是希望的基石，种下的是希望的树苗，播撒的是希望的阳光，吹拂的是希望的春风。

"童心不老"共12篇散文诗。唐德亮写了《草莓》《希望小学》《我和爸爸进城》《鸟蛋》等。他的笔触寄情于事、寓情于物，他书写的孩童、植物、生物，成了种种心象、意象、物象，颇有哲思、理趣。还你一颗童心，找回你天真的岁月。我以为，这些散文诗有着小孩特质的心态、心境、趣味，颇具童心天性的"纯朴美"。

"生态诗情"——清奇俊秀的童话美

生态，是当今最热门的话题。

如今,温室气体浓度上升、全球变暖、冰川融化、气候异常、生物多样性减少等一系列问题,都需要进一步引起人们的重视。

雨果说:"大自然是善良的慈母,同时也是冷酷的屠夫。"

古诗曰:"千里莺啼绿映红,水村山郭酒旗风。"唐德亮冀望天更蓝、山更绿、水更清,为它摇旗呼喊:

请读《心中的绿地》:

在阳光的爱抚和雨水的滋润下,我心中的绿地一片葱茏的生机与希望。她绿得茁壮,绿得秀茂,绿得迷人,绿得娇柔,绿得奔放。

…………

当我想起那片绿地,便有一团旺盛的绿色火焰在心中燃烧。

再读《聆听鸟韵》:

一声声鸟鸣,一阵阵鸟韵,打开我的双眼,霞光扑面,晨风拂心。

…………

聆听鸟韵,我的心也产生了共鸣,心长出了双翼,飞上树梢,飞上蓝天,与它们一起自由翱翔……

"生态诗情"共16篇散文诗。唐德亮热心做保护环境的践行者、推动者,以触景生情、借景抒情、咏物寓情、咏物言志等方式,写了《心中的绿地》《森林畅想》《草色》《聆听鸟韵》等作品,乐于赞颂生态文明,表达了"人与自然和谐共生"的思想。"绿水青山就是金山银山",我以为,诗人的散文诗融情于景,寓情于理,有清奇俊秀的"童话美"。

唐德亮扎根粤北清远"本土"之内,生活积淀深厚,借以情感抒发,写就《天地间的诗光梦影》散文诗选集。它有作家独特的个性,艺术手法明快、坦率,又不失厚重、委婉,"情""景""理"元素交融,语言结构跳跃,给读者留下想象的空间,形成卷舒自如的飘逸美……我以为,这是一部压卷之作,行间字里洋溢着天籁的声音,实在值得品味。

2022 年 9 月 25 日于羊城麓湖畔

徐启文:一级作家,中国作家协会、中国散文诗学会会员,广州市人民政府文史研究馆馆员。曾任广东省作家协会理事,广东省文学创作专业职称高评委,广州市文学创作研究所所长,广州市作家协会常务副主席兼秘书长,广东省散文诗学会、广东省传记文学学会副会长,广州旅游文化研究会会长兼《旅游文化》报主编等职。

方寸间凝聚的诗梦意蕴与激情

——唐德亮散文诗选集《天地间的诗光梦影》序

温阜敏

时值壬寅之秋,在北方的海边,一望无际的灰蓝色汪洋铺开缓缓起伏的绸缎,遮蔽着似乎无穷的隐秘,只有信使般的银色浪花涌来,给陆地传来一潮一汐的信息。望着一波波迎面而来的浪花,或汹涌或悠闲,哗哗漫洇沙滩,我不由想起著名作家唐德亮的散文诗,那些方寸般的文学作品,正如一簇簇闪亮奔腾的浪花,携带了人世间多少世道人心的断截面,充盈着人生丰富的情感,交融汇成纷繁的诗情画意,向我们扑面而来,送来诗人完美融合在散文诗方寸中之独具的散文视野底蕴与诗歌的气质韵味,送来诗人个性的散文诗审美艺术。

诗人来自有着瑶山壮水的广东最西北端的连山壮族瑶族自治县,来自瑶乡的大山,是地道的瑶族农民出身,得益于改革开放新时代，依靠自己不懈的努力奋斗，从大山深处，来到北江下游的清远，笔耕不辍，长期从事文学创作与报纸编辑工作。他的文学创作成绩硕果累累，著作等身，著述甚丰，蜚声省内外，在新时期当代文学史上具有一定的地位。我注意到唐德亮文学创作的体裁运用多种多样，作为勤奋聪颖的一级作家，他不惮尝试文学样式的"十八般武艺"，举凡诗歌、散文、小说、杂文、儿童文学、文学评论等都有操演，且成绩不俗，斩获丰盛。眼下这本《天地间的诗光梦影》，是他散文诗文体创作的吉光片羽，是他用散文诗之眼看世界，用散文诗歌喉抒发情感的又一创作果实，同样彰显了诗人诗意审美与哲理思索水乳交融的力道，这是诗人对散文诗事业的新贡献。

《天地间的诗光梦影》有着一条新诗主流的正能量精神脉搏，是一条清晰不辍而富有生命力的红线。诗人是吸收 20 世纪 80 年代以来的新诗营养，逐渐启蒙成长起来的，所以他的散文诗，一如既往讴歌青春，追求理想，向往光明，相信未来，有着鲜明的革命现实主义与革命浪漫主义的色彩。

方寸里蕴藉着文化底蕴

第一辑的"瑶风壮韵"先声夺人，传来了那粤西北莽莽群山的林涛，那滔滔连江北江的气息。诗人发挥了瑶族诗人的民族优势，作品表达了对瑶族历史文化的追溯、热爱与反思，显示了诗人自觉的民族意识与情怀。如《长鼓舞》《瑶排》《讴莎腰》《汪嘟舞》

《戈帮》《读瑶家〈过山榜〉》《格洛档》《古哟咿》《扫脚印》《瑶寨新年》《牛角号》等,这几乎是瑶族历史印迹与现实民俗的一页页篇章,绘声绘色,绘形绘影。这些作品从"自我"(民族的一员)的视角出发,片段却典型地叙说散文诗化的本土瑶族历史与民俗,构成诗集沉甸甸的分量,从中融入诗人自己对民族历史、现状与发展的理解,不啻为散文诗之瑶族简史。

其中,值得关注的《瑶语》说道:"神秘。如古老的偈语,千万次在古寨峰峦间若隐若现。/伴着泪,和着血,萦着歌。伴着爱的缠绵,死的哀号,生的欢乐与热腾。/一种轻柔的物质,摸不到,抓不着,有时却那么坚韧、沉重,敲击一些貌似强大的灵魂。/即使肉体已经幻化,瑶语,我的母语仍会活着,醒着,流逝着,生长着……"确实,诗人虽不能用母语写作(瑶族无文字),但可以听说母语,用汉字记录原初母语的口述物语,这样,母语维系着的一切,就都有了延续的时空。作者的瑶族题材散文诗,就佐证了母语转换而带来的非物质文化遗产的艺术化形态。

还有令人耳目一新《汲新水》写道:"在睫毛下动情的波涛里,水井像她的心事一样深不可测。/水桶与水相碰的声音中,她的心也在晃荡,荡起一层层的涟漪。/她挑着一担满满的新水回家,水桶沉甸甸的,像未来的日子,有欢笑,更有沉重与承担。/朝霞映在水桶中的水面上。一片彩色的情韵,在水中扩散……"这让人想起安格尔的名画《泉》的意象,作者用文字画像,绘出新婚第二天汲水的新娘,秀美了山寨的水井与清晨。

当然，相映成趣的还有那些叙写壮族的如《织壮锦》等系列篇章，它们共同为唐德亮的散文诗涂上浓浓的瑰丽的民族色彩。

沉浸于这些散文诗文字里，我们能够认识苍翠的粤西北，感受瑶山壮水的风情，穿行美丽的田园风光，理解那片山地上的各民族人民善良的灵魂。

第二辑的"履痕处处"，则从"他者"的角度，审视远方的名胜古迹，如《戈壁红柳》《交河故城》《极地雪峰》《红丘陵》等，对故地发掘新的审美意义。如《半坡》说道："击石而歌。击壤而歌。踏火而歌。生命在粗野地歌舞燃烧！／虽然彩陶曾经破碎，生之火种已寂灭，躯体甚至变化石，但半坡人那凝重的身影，奋进的精魄，沉重有力的足音仍在敲击着我的神经！／因为，我和他们毕竟同是一血脉的。"及物想象，由景而发，概括半坡的文化意义，然后将自己融进去，化为一体，象征了民族文化的源与流的传承关系。

第三辑是致敬"热血英魂"的赞歌，诗人用凝重的笔触为不同时代的英雄人杰塑像，烛照一种壮美的灵魂。如《在澎湃的涛声中永恒——写给彭湃》《松柏长青——写给赖松柏》《烈火英姿——写给向秀英》等，让英烈昭示时代，让历史告诉未来。

第六辑的"童心不老"，则是作者儿童诗的散文诗化，不乏童心的视角和儿童瞳仁中的认知。如《山月》等，委实是当代的童话。

散文诗体裁的方寸，被作者满盛了社会的激荡风云与生活的烟尘点滴。

方寸里显著的哲理情思

"百丈竿头须进步,十方世界是全身。"散文诗人需要澄澈明亮的灵魂,散文诗因其短小的结构、偏仄的篇幅,稍不注意,容易流于空洞空泛。散文诗人必须善于"螺蛳壳里做道场",以简驭丰,以小见大,以微见著。确实知人论世,从事记者编辑工作经年的作者,人生阅历的丰腴,社会实践的丰富,给创作带来辽阔的视野,尖锐的视角,注定其思索深邃,可以散文诗发人所未发,见人所未见。第四辑的"心灵底片"就集中体现了唐德亮散文诗这方面的亮点,可见诗情与哲理的交融,意象与思索的交织。散文诗作为思想的芦苇,短小柔弱,但作者的一些作品机锋迭出,火花迸发。如《燧火》写道:"从那一天起,燧火便在我的心中燃烧,此后再也没熄灭过。/我甚至怀疑,没有燧火,那些血,一定是冰凉的;那些月光,一定是混沌的。/我甚至想我也成为一束燧火,因为,我也有心,有血,有肉,有魂,有骨髓……"拟人化与拟物化互为表里,写光明的引子,让人联想起鲁迅对火的多种正面形容,这是散文诗的延伸。

而《独旅》说道:"独旅者不需要女神的召唤。因为他的目光曾被太阳点化。他举着信仰的火焰,哪怕所有的冰山都坍塌,所有的流星都坠沉,所有的海洋都焚干。/他必定能走出新的黑暗与荒蛮。/独旅者身前是坟墓与蒺藜,身后是露珠晶莹的劲草与鲜花。"这可以视为作者作为"孤勇者"征途跋涉的宣言,他不惧孤独,怀揣信仰,勇往直前。这让我想起一句话:这世界上只有一种英雄主义，就是在看清了生活的真相以后，依然热爱生活！

值得关注的还有《思想者》，犹如作者文化心路的淋漓自白。其他还有《与秋天一起成熟》《无声》《河边的草》，都是自省反思的佳作。

第七辑的"生态诗情"，是对保护自然生态平衡这一世界性主题的散文诗思考。当然，作者写的更多的是生态平衡的优美风景画，花鸟虫鱼、山川沙漠、森林草地。其中的《涧河床》题材切入独特，发人深省。

唐德亮的散文诗就这样交响着现实主义与人文主义大吕，让我们想起诗哲的价值和意义。

方寸间闪耀的艺术追求

唐德亮的散文诗创作，一如他的其他文学创作，有着自己突出的个性的审美标识。一是内容上接地气，题材多来自足下本土，坚持革命现实主义的精神，具有现实性、地域性、乡土性和民族性。二是主题多为自觉的满满正能量，讴歌新时代社会主义建设，讴歌家乡的山乡巨变，讴歌父老乡亲的辛勤劳动与幸福生活。三是写作风格常体现为刚健明朗的基调，明快流畅的笔触，素朴沉实的语言，顺然晓喻的构思。叙说爱用排比句，常现朗诵诗节奏。

如第五辑的"春华秋实"，运用多彩笔墨抒写，充满了青春的激情，充满对本土家乡的由衷礼赞，既是自己在家乡奋斗的心路历程，也是为家乡历史巨变做见证。

如《北江弄潮》写道："涨潮了。/ 北江河在春风的感召下，在骚动，在苏醒，在呼啸。/ 一朵朵浪花，扑向岩石，扑向两岸。/ 涨潮的季节，激起多少弄潮儿扬帆远航的希望。"明喻中有象征，多像改革开放初期的生动写照，拨动了我们当年拨乱反正、百端待举的记忆。

还如《青春畅想》："我们是拔节有声的春笋般的青年，是喷薄而出的早霞般的青年，黄河给了我们母亲的血色，五岳给了我们刚劲挺拔的风骨。/ 金子一样闪光的年龄，碰上了金子一样闪光的时代。晨风，拂去了我们的梦魇；朝霞，点燃了我们创造的激情。我们拥有祖国辽阔的天空、无垠的原野与海洋，我们拥有人人羡慕的时间和朝阳般瑰丽迷人的青春。"这印证了艾略特说的话："用艺术形式表现情感的唯一方法是寻找一个'客观对应物'。"此诗于排比叙说里递进激动，对青春的多种多样的形容比喻，烘托出新时期一派朝气蓬勃的气象，这是作者留给我们的难以忘怀的意气风发时光。

在当下信息层出不穷、瞬息万变的时代，社会生活节奏加快，在快速阅读成为新时尚的今天，类似手机短信篇幅，原本为边缘文学的散文诗，与时俱进，获得蓬勃发展的良机。俗话说得好，尺有所短，寸有所长，作为感应社会敏感的手足，散文诗具有反应迅速、写作快捷、阅读方便的交流优势。唐德亮的散文诗深谙其道，也极大地发扬了这一文体的优点长处，一部《天地间的诗光梦影》，以散文诗语言营造了一方别样的瑰丽天地，激荡起明亮的诗光与五彩的梦影，散文形体诗之魂，短笛悠扬，袅袅绕梁，给读者带来了不一样的审美艺术享受。

新鲜的海风习习吹来，海鸥欢叫着飞起飞落，引我的视线落在洁白的沙滩，恍惚间，我依稀看到浪波间弄潮的作者身影。我与唐德亮有着中文函授师生之缘，亦师亦友，一直欣悦地关注他文学的成长与发展，自新时期以降，我看到一个中文函授生从20世纪80年代连山的《野草》文学社走来，先前那个身躯单薄的乡村教师，后来一步一脚印，一步一台阶，几十年坚持不懈，成为著名的有影响的作家，其诗作不但走向全国，还开始走向世界。莎翁说得好，凡是过往，皆为序章。欣慰欣赏之余，我对唐德亮君今后散文诗新的创作突破，有了坚信不疑的新的期待。

是为序。

2022年9月于韶关学院教师公寓景行苑

温阜敏：广东省文艺评论家协会理事，广东省文艺评论（韶关）基地副主任，韶关市文艺评论家协会主席；中外散文诗学会广东分会副主席，广东省散文诗学会副会长。

目 录

001 **辑一 瑶风壮韵**
002 长鼓舞
003 瑶 排
005 讴莎腰
006 瑶家温沽节
007 汪嘟舞
008 戈 帮
009 读瑶家《过山榜》
010 迁徙,他们来到瑶族移民新村
013 格洛档
014 古哟咿
015 扫脚印
016 灵 轿
018 壮族追天灯
019 贺年歌
020 筛新娘
021 织壮锦

022	壮家戏水节
023	力妹的临界时分
024	芒　笛
025	瑶民的性格
026	行路歌
027	瑶　语
028	瑶寨新年
029	串新娘
030	壮乡闹年锣
031	望君顶
033	汲新水
034	山寨流韵
035	山里人
035	游灯装古事
037	开　眉
038	优嗨歌
039	牛角号
040	树林里的歌声
041	瑶山的早晨
042	沙水冲的路

045 **辑二　履痕处处**

046　戈壁红柳

047　交河故城

048　喀纳斯湖

049　火焰山

050　葡萄沟

050　极地雪峰

051　半　坡

052　牛　市

053　红丘陵

054　荒芜的开发区

055　南方古镇

056　北戴河观沧海

059 **辑三　热血英魂**

060　在澎湃的涛声中永恒

061　松柏常青

063　不屈的蔷薇

064　烈火英姿

066　红色的鹰

067　逆行的蔬菜

069　为了远方的召唤

070　五星红旗

071　烈士纪念日感怀

075　**辑四　心灵底片**

076　爝　火

077　磨刀石

079　夜之歌

080　雕　像

081　触　须

082　古老的风

082　生命河

083　风中的黑鸟

085　远　行

086　采莲女

087　倾　听

087　秋　野

088　痴　情

089　花之魂

090　岩石缝中，有一棵松树

091　山　雨

092　夏日的风

093　时　间

- 094　诗　人
- 095　独　旅
- 096　黎明潮
- 098　创造爱的世界
- 099　与秋天一起成熟
- 101　无　声
- 102　河边的草
- 103　思想者

107　辑五　春华秋实

- 108　北江弄潮
- 110　清城赋
- 113　连山民族中学赋
- 114　春天，播种的季节
- 115　敲响新世纪的晨钟
- 116　青春畅想
- 118　奋斗之歌
- 119　手中流出神奇的弦索
- 120　一方沃土
- 122　"九七"啊"九七"……

125	**辑六**	**童心不老**
126	草　莓	
128	番瓜花	
129	希望小学	
130	我和爸爸进城	
132	山　月	
134	鲜花簇拥的校路	
136	鸟　蛋	
137	布　鞋	
138	故乡的山楂	
139	墨　镜	
140	卖杨梅的小莎妹	
141	眼　睛	
143	**辑七**	**生态诗情**
144	心中的绿地	
145	森林畅想	
147	沙漠奇观	
148	潭岭天湖	
149	捡到一根鸟的羽毛	
150	绿　风	
151	藏起来的猎枪	

152	涸河床
153	苗　圃
153	胡杨林
154	沙枣林
155	大旭山瀑布
157	天鹅湖
158	欧家梯田
159	草　色
161	聆听鸟韵

163	**附　录**
164	一部具有地域和史书意义的文学读本（节录）
	／庄汉东
168	平实亲切，情满瑶乡（节录）
	／刘谷城
170	我与散文诗的结缘（后记）

# 辑一 瑶风壮韵

长鼓舞

苍茫的山野感受着生命的律动。

红头巾,红披风,红汪嘟①,银圆牌,红裙脚……一排壮实彪悍的哥贵②,逶迤而来。

以田野为圆心,以群山为背景。

"咚啪!""咚啪!"五只手指与鼓面碰撞,击打出一阵阵撼动群山的鼓声,伴着旋风一样的舞步,将我们带进远古:唐冬比与房莎十三妹的凄美爱情,带进鸡桐木奏响的袅袅琴音……

丰收的喜悦,爱情的甜蜜,美酒的浓香……脚步跨过了千年的坎坷,生活已翻开了斑斓的一页。

即便日子多么黯淡,纵使高山上覆盖着厚厚的冰霜,我们的血也是沸腾的,我们的爱是多彩的,我们的心胸是宽广的,我们的嗓喉是粗犷有力的。

敲呵,舞呵,如雄鹰翔旋,如骏马奔腾,如猛虎扑地,如春雷鸣吼,如暴雨冲刷心灵……

灵魂之舞,生命之舞,希望之舞。舞动青山,青山为之卷起绿浪;舞动流水,流水腾起不灭的彩虹……

注：

①红汪嘟：瑶语，即长鼓。

②哥贵：瑶语，小伙子。

原载《星星·散文诗》2019年第12期，入选《中国当代百家散文诗精选》（山东齐鲁音像出版有限公司2021年出版）

瑶　排

依山傍坡，重重叠叠，叠叠重重，直排上云端。

杉皮，遮挡了一个又一个世纪的风雪。

火炉塘，煨暖了一个又一个凛冽的冬夜。

窄窄的厅堂，有古老的盘王终日为伴。谷仓，贮藏着一冬一秋的殷实。猎枪，在门背后等待着一次发言的机会。

窄窄的窗户，终年守候着黑乎乎的梦。

每一间屋子，都有不同的欢乐传说与泣血的传奇。这传奇故事有的已被岁月风化。

一级级的石阶，从寨脚通向寨顶，又从寨顶通向山脚，通向山外。

林子里，地坪上，有莎妹①的裙子彩云一样摇曳；项圈像太阳的光圈，圈住了一个迷人的颈项。

雉翎，是瑶排的花朵。像一簇七彩的火焰，将生活点染得摇曳多姿。

酒，是瑶家的血与魂，能使瑶家的男人更加剽悍、勇敢、刚强。

歌，是瑶人的另一种生活方式。此起彼落，或雄浑，或甜嫩，或豪放，或悠扬。歌声将哥贵的眼睛点亮，将莎妹的心窝照亮，将瑶家的生活唱亮。

不知哪一天，瑶排旁边，冒出了一幢砖瓦房；不久，又冒出了一幢，两幢，三幢……

这是瑶排的另类子孙。但瑶山容忍、接纳了它们。

又一日，忽地站起了一幢钢筋铁骨的水泥楼。这是希望小学。宽敞明亮的课堂，使孩子们更自由地呼吸着山里的清新，呼吸山外吹来的文明。

入夜，山寨的梦也已不再深邃，而是填满了欢乐与希望的音符。

瑶排是岁月留下的斑驳历史。

是裂变中的阵痛，是阵痛后的雕塑。

注：

① 莎妹：瑶语，姑娘。

原载《南宁日报》2002年7月10日、《星星·散文诗》2019年第12期及《散文诗世界》，入选《中国当代百家散文诗精选》（山东齐鲁音像出版有限公司2021年出版）

讴莎腰

穿过竹林，穿过花径，穿过山坡。

走过晚霞，走过雾岚，走过月色。

拿着火把，拿着电筒，拿着耳环银簪，带着情，揣着爱，带着燃烧的歌……对着木楼里那扇窗户，对着窗户里那个姣美的莎腰妹[①]……

把星星唱得掉泪，把月亮唱成一圈银环，唱得露水打湿睫毛。"吱扭"一声，木门开了，他收获的，是一捆竹柴。她让他用柴点火，到别的瑶寨，寻找自己的爱情。

裹着盛装的芳心，你将为谁燃烧？美丽的山茶花啊，你将为谁绽放？

总有真情能感动天地，总有山鹰能飞越重叠的沟壑，总有蜜露能甜透莎妹的心窝……

又一个哥贵，用他泥土般的质朴、醇厚，用他炽热的真情，叩开了她的心扉。

于是，一颗沸点的太阳，一颗沉醉的月亮，互相包裹、融合。

爱的欢乐，盛满了瑶寨、峡谷与整座瑶山……

注：

①莎腰妹：即莎妹。

原载中国作家协会《文艺报》2014年6月6日、《伊犁晚报·天马散文诗专页》，入选《2014中国年度散文诗》（漓江出版社2015年出版）、《中国散文诗年选》（花城出版社出版）

瑶家温沾节①

穿着鲜艳的盛装，戴上斑斓的头饰，插上生动的野鸡翎，脸红得像天上的晨阳，心跳得如咚咚的长鼓，血脉涨得似奔涌的山溪。

带上戈帮②——这爱的信物、爱的子弹、爱的语言，向着心上的莎妹，向着梦中的情人，打过去，射过去。

啊，射中了！这位哥贵射中了那位美丽的莎妹，击中了莎妹久蕴的心事和含羞的梦想。

于是，树荫下，竹林里，情歌袅袅，情话喁喁，情意浓浓。爱的花瓣，如山杜鹃瞬间绽放。

他，收获了一只绣花锦袋；

她，收获了一副银质项圈；

他，燃旺了她心中的爱火；

她，让他痛饮爱的玉液琼浆。

爱，在这三天，不再被禁。奔放的心，找到了一个自由的天地；浪漫的情，在弥漫神秘诱人的芬芳……

温沽节，爱的盛宴，歌的盛宴。风不再凛冽，携着绿叶的气息、早春的气息，兴奋地奔走在一座座大山与沟谷之间……

注：
①温沽节：即粤北排瑶的情人节，又称"开禁节""玩坡节"。
②戈帮：粤西北排瑶一种用竹筒做的"噼啪筒"，在筒中装进纸屑做的弹丸，在排瑶温沽节这天，瑶家哥贵在山坡追着心仪的莎妹射击。

原载《文艺报》2014年6月6日，入选《2014中国年度散文诗》（漓江出版社2015年出版）、《2015世界华文散文诗年选》（花城出版社2016年出版）

汪嘟舞①

雉翎拂动白云，项圈旋转日晕。
红头巾映红了蓝天，汪嘟咚咚，震撼着深山野谷。
刚健的哥贵舞出瑶山的雄风，婀娜的莎妹舞动绵长的流水。
南山的鸡桐木，敲出一千多年的荒蛮，跋涉，迁徙，筚路蓝缕，血泪和流，悲喜交织；敲出荒火中的梦，敲亮木屋下缠绵的歌声。

夜的胎宫躁动不安。

锣鼓的旋涡，旋醉了一座自由奔放的瑶山。

生命之舞。

激情之舞。

如火如荼的鼓声。

如梦如幻的舞影。

瑶山，在这一刻向世界打开了她的美丽、深邃和缤纷。

注：

①汪嘟舞：粤西北瑶族（排瑶）的一种歌舞。

原载《文艺报》2017年8月2日，入选《中国年度优秀散文诗·2017卷》（新华出版社2018年出版）、《2017中国年度作品·散文诗》（现代出版社2018年出版）

戈　帮

霞光，林荫，晨风。莎妹的深瞳。

爱的戈帮，心的子弹，它要瞄准谁？

花的溪流，歌的梦影，爱的脉搏，火炽的情怀。

在这个快乐之坡、幸福之坡、浪漫之坡,一次又一次被霞色抚摸,被山风鼓荡。

举起来了,戈帮。

射出去了,哥贵的心。

一颗心将另一颗心击中。

被击中的心,飞出一串缠绵的歌,催开了一地野花。

爱,从一支戈帮开始远行。

原载《文艺报》2017 年 8 月 2 日,入选《2017 中国年度作品·散文诗》(现代出版社 2018 年出版)

读瑶家《过山榜》①

先民的声音,穿越历史时空,袅娜而来。

十二姓瑶人,盘瓠王这棵大树的十二分枝,开枝散叶,郁郁葱葱。

逐岭而居,刀耕火种,营身活命;擂动长鼓,吹笛笙歌,鼓板随唱,雅意野声。

一篇散发先民性灵,浸透先民血泪与祈望的奋斗史、迁徙史、婚姻史,以及从神到人的进化史。也有愚昧与虚妄,有神秘与玄机,有悲壮和欢欣。

盘瓠，走如云飞，身游大海，口衔高王之头，娶宫女为妻的传说中的始祖，超现实的浪漫与现实主义的人神同体，不仅属于过去的瑶山，也属于中华文化。

翻阅《过山榜》，我读出了一幅灵动而温暖的长长画卷。

瑶民迈入文明的见证。

余韵不绝，悠远、动人……

注：
①《过山榜》：记载粤西北过山瑶历史的古代文献资料。

原载《星星·散文诗》2019年第12期

迁徙，他们来到瑶族移民新村

近年来，政府对粤中、西北高寒贫瘠、不适合人类居住生活的民族村寨实行整体搬迁，在山下的县城或城镇附近建造移民新村，让瑶壮族同胞迅速迈上脱贫奔康之路。

——题记

迁徙，告别养育他们的瑶山，告别那老迈的瑶寨，告别那一座座安身立命的吊脚楼、砖瓦楼、泥墙杉皮屋,告别谷仓、柴寮、房前屋后的菜地,那袅袅了上千年的炊烟,那三角猫、火炉膛、留投、水放、"吱吱"叫的蹒跚的鸡公车与那"齐肩箩筐",那养家糊口的"粳谷"①……别了,这缺水、缺土,唯石头很丰富很狰狞的贫瘠土地,那一年又一年"火塘旁边度寒冬,竹篱笆内遮暑荫"的日子。

公爹②与阿播③一步三回头,釜④妮⑤的热泪在眼眶里打转,哥贵、莎妹与小孩子们对瑶寨既恋恋不舍,又对山下充满憧憬与向往……

"离大山越远,就离幸福越近。"山下,有鳞次栉比的高楼,有商品琳琅满目的商场,有熙熙攘攘的集市,有美丽的公园,有现代化的学校,有影剧院、歌舞厅,有霓虹闪烁、璀璨灯河……

他们迁徙,走着一条涅槃之路、阳光之路。心在撞击,魂在燃烧,思想在裂变。当然,有的人是义无反顾地走,有的人是昂首阔步地走,有的人是百感交集地走……

终于,他们来到了移民新村!一幢幢钢筋混凝土的水泥楼房,琉璃瓦,铝合金窗,乍一看似别墅,真够气派;一条条宽敞整齐的街道,姹紫嫣红的花坛;房间内,有一扭动就"哗哗"喷出洁净水花的自来水,有白炽灯、发光闪亮的瓷砖地板、设施齐全的卫生间,还有政府送或社会捐赠的家具、床铺、煤气炉……新村旁边,有广场、健身场;附近也有农田,这是希望的沃野;有铺锦叠翠的菜地,有只吃油不吃草的轿车与铁牛;有绿树掩映、花团锦簇的学校,孩子们再不必翻山越岭去读书;有洗脚上田即可去打工挣工资的工厂,有党与政府铺设的脱贫奔康的金色大道……"扶贫开发辟新径,别土离乡异地耘。长安乐居非梦幻，并肩阔步奔小康。"一位清远的老诗人如此点赞移民新村。

告别落后愚昧，告别原始贫瘠荒凉，告别"守土安贫"的古训，"穷则思迁"，他们迈出了改变命运的关键一步，跨越历史的一步，走出崎岖山道，在党与政府的感召下、引领下，去拥抱八面来风，拥抱现代文明，拥抱七色绮梦，用热血热汗与智慧书写壮美的丹青画卷，创造瑶家人新的传奇与传说。

山下的世界是如此的精彩，瑶族移民新村是如此的迷人可爱。脚踏大地，躬耕新的原野，希望的春光在眼前铺设，丰收的硕果在面前芬芳……

注：

① 粳谷：山禾。

② 公爹：瑶语，即年老的男人。

③ 阿播：瑶语，老妇人。

④ 釜：瑶语，已婚男人。

⑤ 妮：瑶语，已婚女人。

原载《茂名日报》2023年5月30日、《北部湾文学》2023年第4期

格洛档①

　　采来红红的鲜花，用扑扑跳动的心，用热烈的情一一扎好。

　　这是爱的信物，不知哥贵可会接收？这是爱的火焰，不知能否烧暖哥贵的心肠？这是爱的种子，不知能否在哥贵的心田生根、发芽、成长、开花、结果？

　　嘴巴已唱出了血，眼睛已喊出了雾，花朵将要枯萎，心上的哥贵，你何时才来到莎妹的身旁？

　　红红的格洛档在摇，莎妹的心在渴望，爱的雨露芬芳……

注：

①格洛档：粤西北排瑶莎妹求偶时的信物。

原载《文艺报》2017年8月2日，入选《中国年度优秀散文诗·2017卷》（新华出版社2018年出版）、《2017中国年度作品·散文诗》（现代出版社2018年出版）

古哟咿①

伸手不见五指的天空，黑幔无声。

一座一座的壮班②，泡在黑色的风中。

而火神躲在黑色大氅下，窥伺着，随时准备向某一户人家施以致命的一击。

今夜，壮家汉子们踩着夜的呼吸，啜饮夜的芳露，紧随夜的精灵，来到村头，在夜的心脏，点亮一支支火把，扎一间间草屋，在草屋上放一堆堆干草、鲜竹筒。

等待着，一个庄严的时辰。

"古哟咿！"老人一声令下，一支火把，两支火把，三支、四支……无数支火把投向草屋，顿时，草屋熊熊燃烧，烧红了壮乡的一角天空。竹筒被点着，"噼啪"作响，寂静的壮山仿佛炸响了一串欢乐的爆竹。

"呜吆！"快走吧，快上天去吧，火神！

再添一把草，让火的精灵与火同舞，舞出火的影子、火的性格。

我仿佛看见，火神的衣服被火烧着了，头发被烧着了，正狼狈地东奔西窜，夺路而逃。

"表谢吆！""哟咿！"一声声祈求，一声声心愿，在夜空中回荡。

草屋已成灰烬。

竹筒已成灰烬。

火已成灰烬。

摸黑回家。没了火把,他们也不会走错路。因为,人人眼中都有一束火,它会引领他们走过黑暗,走进自己的门楣。

注:

①古哟咿:粤北壮族的"腊匪节",又称"黑火节"。

②班:壮语,即村寨。

原载《文艺报》2014年6月6日,入选《岭南百年散文诗选》(四川民族出版社2020年出版)

扫脚印①

屈膝。行礼。向着生你养你的父母,连哭三声。

依依不舍,依依不舍啊。连踏三下门槛。可是,接亲娘不依不饶,在你踏过的门槛也连踏三下,"扫掉"了你沉重的脚印。

"脚印被扫掉",但扫不掉你对这间屋子的留恋,抹不掉你对朝夕相处的父母的感恩与眷恋。

不要回头。

不敢回头。

但你的心已回望了百遍千遍。

但你的双眸分明含着一串又一串灼热的泪珠。

脚印是扫不掉的,它已刻在你与你父母的生命年轮。

注:

①扫脚印:粤北壮族婚礼的一种风俗。

原载《文艺报》2014年6月6日、《伊犁晚报·天马散文诗专页》,入选《2014中国年度散文诗》(漓江出版社2015年出版)、《中国散文诗年选》(花城出版社出版)

灵 轿

> 一位瑶族公爹去世,按习俗,被绑上灵轿走向最后的归宿。
> ——题记

生,没机会坐轿;死了,终于坐了一回。

你无力伸出脚跨上灵轿,只能被儿女搀扶着,用布带捆绑在尸椅靠背上。

穿上镶着银圈牌饰的盛装，头戴插满雉翎的帽子，又风光了一回，年轻了一回。

听先生公念《谣经》，听亲友寨人唱《哭丧歌》。我不知你是否还能听到，因为我看不见你的脸，你的脸已被布盖住。

泪珠与嚎哭包围着你。

悲怆与痛苦覆盖着你。

而你仍然无动于衷。也许，你早已把自己忘掉，把过去与未来忘掉。辛劳一辈子，躬耕在这巴掌大的石灰岩红土，听惯了鸟鸣虫唱，经惯了雨打风吹，生于红土，葬于红土。既然血已凝固，心已如止水，双眼的火苗已熄灭，欢乐与痛苦都已带不走，这一切只是你留给尘世的遗产。

上路了。灵轿上撑一把油纸伞，不再被日晒雨淋。竹幡、白布摇曳着苍白；铜铃、铜锣、牛角号、鞭炮、铳炮声，震荡大山、大谷，流荡着黑色的回声。

把白昼走尽，把黑夜走完，把瑶山纵横曲折、宽敞与荒芜的路走尽。而今，你再也不用双脚走路。

天堂越来越近，痛苦越来越远。

灵轿，和灵轿上的老人，在轻快的颠簸中走向没有回程的远方。

原载《新诗》2013年第8期、《文艺报》2014年6月6日，入选《2014中国年度散文诗》（漓江出版社2015年出版）

壮族追天灯

升起来了。飞起来了。灼灼的火,在空中起舞;焰焰的灯,在风中飞翔。

锣鼓助威,唢呐喝彩。天灯激动了,时高时低,时而升上云端,时而在低空柔曼翔旋。

这是壮家人自制的灯。青竹丝条,内藏"天兵天将"。点火即飞,古时候,敌人见灯而逃。

这灯,是壮家人的瞳仁,它闪射着壮家人的智慧。

这灯,是壮家人的心。热情,温暖,透明。能明亮沉寂的家园,照亮一方黑暗的天空。

这灯不像风筝,没有羁绊;它不怕风,不怕阴冷的气流。它质朴而超逸,飘飘忽忽,逡巡于崇山峻岭之上;它向往太阳,却又依恋沉实的土地。

像夸父逐日,人们随着"起行曲"追向天灯。

向着灯的方向,向着灯的影子,向着灯的舞蹈。

穿过山丘、田野、沟谷、林木、荒草,任双脚沾满泥浆,任露水扫湿裙子裤腿,任荆棘划破肌肤,心中只有一个念头、一个目标,那就是,头顶上、苍穹下的那盏天灯。

仿佛已摸到了灯光的羽毛,仿佛已听到了灯的心跳。

灯光与霞光已融为一体。追吧！天灯，引导着壮家人跨过沟壑，越过荆丛，理想正与梦幻，一起升腾。

原载《南方日报》2020年1月25日，入选《中国散文诗年选》（花城出版社出版）、《岭南百年散文诗选》（四川民族出版社2020年出版）

贺年歌

歌队逶迤而来。

举着金字牌匾，举着一个金色的季节。捧着一颗红色的绣球，捧着一颗爱的心。

用狮子叩开门环。用锣鼓敲响祝福。用爆竹烧红日子。

壮歌甫起。送上一声祝福，一片心愿，一场欢乐。

歌声粗犷，但有深情，愿你的日子一片灿烂。

歌声有祈盼，有爱的秋波，有情的火焰，愿它有怡人的回音。

歌声是历史，那遥远的路，起伏的峰，露珠的汗，腥膻的血。

歌声是现实。是新楼，是写在脸上的笑意，是红火的每一个日月。

酒的气味、果的芬芳、糯米糕的喷香，与歌的味道、风俗的味道糅合在一起，无法分出彼此。

歌与阳光一起交映。

歌与脉搏一起跳动。

歌的音流浇出一朵朵生命的花朵。歌的热力使凛冽的风畏惧、退却，躲在山的阴处。

贺年歌，把壮乡烧成一团火，把春天提前送进一户户人家。

原载《南方日报》2020年1月25日

筛新娘①

到了，巍峨的夫家门楼。

到了，你后半生的归宿。

不经意间，你手上的彩伞被人接走。你取出纸扇，遮掩自己羞红的脸颊。

大明师抓一把苞谷，撒你一身。又向你喷一口清水，被你急急用纸扇遮住。

"沙啦、沙啦"声响起，洞房到了。这是一把散开的筷子，在发出一阵阵清脆的响声。

筛声提醒你，"莫学米筛千只眼"，日后"只可与丈夫一条心"。

筛吧！你心里说，我与丈夫相恋相爱，尖山做证，镂下我们爱的宣言；宜水有情，录下我们忠贞的山盟海誓。

跨过去了。

跨过摇动的筛子,跨过刻骨铭心的一刹那。

前面,是温暖的天地,是炽热的怀抱,是渴望、祈盼的终点与起点,是绚烂的绽放与沉沉的果实,是风雨,是阳光,是一个梦的终结,另一个梦的开启……

一跨,便是百年。

注:

①筛新娘:粤北壮族婚礼习俗。

原载《新诗》2013年第8期,入选《中国年度优秀散文诗选·2013卷》(新华出版社2014年出版)、《岭南百年散文诗选》(四川民族出版社2020年出版)

织壮锦

一方壮锦,将壮乡的美浓缩其中。

斑斓的色彩,是壮族力妹①的一片锦心。

缤纷的图案,是壮家妇女的一团如火情怀。

绣一朵山花,给心上人一朵璀璨的笑。

织一片云霞，让温暖永伴心上人，陪他穿越漫漫长夜，跨过凛冽寒冬。

用目光流泻的热望，用巧手挑动的丝线，用春鸟啼来的春色，用阳光染红的花瓣，用果实蕴含的甜香……

美的定格。

爱的凝聚。

梦的写意。

美的飞翔，沿千万根彩线，飞向古老而鲜嫩的朝暾。

爱的辐射。美的延伸。十年，百年，我仍能感受那穿越时空的爱与美，仍然能触摸到那一种美的温度与诱人。

注：

① 力妹：壮语，即姑娘。

原载《广西日报》2012年7月25日

壮家戏水节

绚丽的水。如花的水。如瀑的水。带着阳光的气息，挟着山风的韵味，洒过来的欢笑声亢奋了吉水河。

力妹的头发湿了，衣裙湿了。

水，塑造出一个个丰美迷人的壮女。

布佐力的脸上流着清亮的珍珠，眼里吟动着透明又欢乐的花朵。

小孩们像鱼，在东游西窜，掬起一捧捧晶莹的水，甩出一串串飞瀑、珠练，抛出一串串笑声。

追撵笑声。追逐欢乐。追逐七月的太阳。

歌声乘白云飞来，化作五彩云霞，洒进每一个戏水人的心灵。

吉水河，宜水河，加田河，一条条河流都盛满了歌声。

一群群彩鸟在河的上空留恋、缠绵、徘徊，久久不愿离去。

歌声、欢笑声，将壮乡涂上了一层新奇迷人的色彩。

戏水节，一个古老而年轻的梦，在金色的阳光下翩然而飞。

原载《北海晚报》2012年8月11日，又载《星星·散文诗》2023年第6期，入选《2012中国散文诗年选》（花城出版社2013年出版）、《中国散文诗·2013卷》（线装书局2014年出版）

力妹的临界时分

鲜花绽放的季节，金柚流蜜的时辰，青春走向丰硕，爱情走向成熟。

——这位壮家力妹终于要走进婚姻的殿堂。

至亲的小姑,"好命"①的嫂嫂,微笑着来到出嫁前的力妹跟前。

开眉!

这是壮家姑娘一生中最重要的时刻。

给新娘的额上、眉毛抹一把灶灰,用细线绞掉额头脸庞那毛茸茸的汗毛,绞走一段毛茸茸的青葱岁月,用巧手将眉毛变成两轮弯月。

一行深情而无声的乐韵,蕴含多少期盼与深情。

这是微笑的月,幸福的月,吉祥的月。

这是一个力妹变成一个女人的临界点。

幸福,从"开眉"起步。

两轮弯月,照耀新郎家欢乐的门楣、屋宇。

注:

①好命:意指子女齐全、孝敬公婆的贤淑嫂嫂。

原载《流派》诗刊 2022 年第 1 期

芒　笛

让瑶人的心事,从芒叶卷成的笛子中吹出。

绿色的芒笛,如同一根长长的牛角,尖尖的嘴,与莎尔[①]薄薄的嘴唇一相吻,便发出奇妙动听的笛音。

芒叶锋利,但芒叶做成的芒笛不锋利,悠扬、婉转、清澈,像高山流水,月洒竹林。

情、爱,欢乐、忧伤……万千情怀,在芒叶上吹奏;阳光、暴雨、云彩、山风……天籁之音,在芒叶上呈现。

莎尔们把天地之气,人间之爱,山之魂,水之魄,凝聚在芒笛之中……

注:

①莎尔:瑶语,即妇女。

原载《星星·散文诗》2023年第6期、《流派》诗刊2022年第1期

瑶民的性格

热烈,像苞谷烧般温暖。耿直,一生气能吹跑一座山头。宽广,能容得下万千棵树木花草。

勇敢时,以寨为垒,与十万前来"平猺"的封建王朝官兵对抗;

热情时，会微笑着将素不相识的远方客人迎进门；泥土般敦厚朴实，山藤般坚韧，微风般温柔，老牛般勤勉耐劳。

血性的声音，喂养大山发达的根须。强劲的脉搏，跳动在每一位瑶人的血管。

喊一声公爹哥贵，便有一朵阳光落在肩头。

原载《流派》诗刊 2022 年第 1 期

行路歌①

歌在路上。

歌在茂密的森林，在竹林深处，在草叶的掩映之中。

羊肠小路，有歌传递。

坎坷的山路，有歌飞迸。

扑扑的心跳是歌，灼灼的瞳仁是歌，轻柔的脚步是歌，摇曳的彩裙是歌。

快快来呀，同辈的情人。歌里有山野的气息，烟火的气息，长鼓的气息。

路如腰带，缠绕着苍山瑶岭。

歌如寒夜里呼唤春天的心，热烈，祈盼，具有无比的穿透力。

阿贵哥用歌，赢得了一颗芳心。

莎腰妹用歌，获取了一生的爱。

歌是爱之媒。

红色的山路，高大的凤凰树、鸡桐木，与秀气的凤尾竹，是爱的见证。

于是，牵手，上路，让歌穿透骤起的山岚，穿过星光熠熠的夜晚，穿过风雨泥泞的小路，走进一个又一个嫣红的曙晨……

歌在路上。

行走的日子，行走的瑶寨，行走的阿贵莎妹，行走的歌声，染绿一季又一季的生命，释放永不衰老的激情……

注：

①行路歌：粤北瑶族青年男女喜欢在路上对歌来表达爱意。

原载《潮州日报》2015年5月3日，入选《2015中国散文诗年选》（花城出版社2016年出版）

瑶　语

泥土的原色。

在山野上生长，繁衍。随透明的山风传播，在坡地、峡谷、田畴流荡，在杉皮屋下碰撞、交融。

以亲切的磁性，走进胸腔，走进心灵深处。

韧性的根，历经千年风霜雨雪而不朽，遭逢雷暴电击而不灭。

出自心灵，抚慰心灵，洗涤心扉。

叶尖上的珍珠，叮叮当当，纵使坠落野地，也滋润一方泥土。

如梦。长出双翼，染绿一片片田园。

如幻。微笑的星辰，遥远又亲切，闪亮一方天空。

神秘。如古老的偈语，千万次在古寨峰峦间若隐若现。

伴着泪，和着血，萦着歌。伴着爱的缠绵，死的哀号，生的欢乐与热腾。

一种轻柔的物质，摸不到、抓不着，有时却那么坚韧、沉重，敲击一些貌似强大的灵魂。

即使肉体已经幻化，瑶语，我的母语仍会活着，醒着，流逝着，生长着……

原载《橄榄叶 2021—2022 诗歌年鉴》

瑶寨新年

一声爆竹，炸亮瑶山的早晨。

铜锣与长鼓，热烈、雄壮、昂奋，敲响瑶人的心音。

火龙头从山寨高高昂起，舞动茫茫百里瑶山。家家敞开门户，迎接火龙进屋，将喜庆迎进吊脚木屋门槛，将幸福请进新造的水泥楼房大门。

老人与小孩们开始浩浩荡荡"开寨"，祈求开出一片新的好年景。勤劳的成年人披着阳光，荷锄、扶犁、扮牛，穿街过巷，他们要用手中的锄与犁，开垦新一年的希望与丰硕。

牛角号唤醒灵魂，点燃热血，烧暖情感。哥贵与莎腰妹们早已按捺不住，他们要过"喜花贵"，在寨背的山坡上互诉衷肠；釜、妮们期盼着年初二的"开禁节"，让心灵与情感在山冈上找到一个自由绽放舒展的天地。

瑶寨的新年，在春风中沉醉。

新年的瑶寨，幸福在阳光中拔节、蓬勃、茂盛。

原载《南方日报》2020年1月25日

串新娘[①]

山风缠绵，阳光温柔。绿漫瑶山，枫红坡谷。

唢呐呀，莫吹得这么急。

在唢呐声中行走,在山花簇拥中亮丽,在鞭炮声中灿烂。

鼓手们吹着迎亲曲,敲着锣鼓,在新娘的送亲队伍中串过来、串过去,串出一阵欢声,一阵笑语,一阵粗野,一阵羞涩。

三十六串。日子,串串红火;歌声,曲曲甜蜜。三十六座山头,山山亲切相连。三十六条溪水,水水都有动人的流韵。

串新娘,将壮胞的心,连起来,像一条红色的纽带……

注:

① 串新娘:粤西北壮族婚礼的一种习俗。

原载《橄榄叶 2021—2022 诗歌年鉴》

壮乡闹年锣

一阵铜锣,敲响十里壮峒。

山鸣谷应。

锵——嚓——锵——嚓……

敲落旧年衣裳,敲落满天的星斗。

一个队列,又一个队列。一只又一只铜锣,一面又一面铙钹,锣对锣,钹对钹,壁垒森严。

古铜色的锣，映照古铜色的脸。锣声共振，此伏彼起。锣声击退寒流，心底泛起春的涟漪。

锣声中，残夜碎片纷飞。

春光驾锣声翩翩而至，走向渐渐汹涌的光之潮汐。

原载《文艺报》2017年8月2日、《南方日报》2020年1月25日，入选《中国年度优秀散文诗·2017卷》（新华出版社2018年出版）、《2017中国年度作品·散文诗》（现代出版社2018年出版）

望君顶①

就这样站着。千百年了，盼望你的归来。铁树早已开花，枯树早已发芽，却没有一丝春风吹进我的心坎。

雾霭重重，挡住了你的归途。关山座座，阻断了我的目光。

肉体已经凝固，血泪早已干枯。凝成冰凉的石头。石头也有灵性的啊，那黑心的"活阎王"不就被我气死了吗？石头也是有生命的啊，我会燃烧，会痛苦，会骚动，会悲愤。

你给我的爱，被我放在心的深处，像硬石一样，永不会风化；我给你的爱，被你带到海角天涯，而今已杳无踪影。

我欲飞，但没有翅膀。

我欲走，但拔不动双腿。

只有山风、流霞伴我。只有孤独的影子伴我。只有鸟鸣虫声伴我。

我想用双眼洞穿千年时空，洞穿一切阴暗的灵魂；我想穿越万水千山与你相拥，重新燃烧久违的激情。

但我不能。

残酷的时间与命运将我锁在千年前的某一年某一天。

除非时光倒流，除非山崩地裂，除非……

那么，就让我永远这样站着吧。让所有的寒霜冻雪都裹压我吧，让所有雷风烈暴都向我轰击吧！让所有的灾难痛苦都向我倾泻吧！

但我绝不会倒下。

我会永远这样站着。望穿一切云雾、一切秋水，等你，盼你归来。

注：

①望君顶：广西与广东交界处的一座山上，有一块石头，状似远望的妇女。

原载《粤海散文》2006年第8期、《香港文学报》总第154期

汲新水[1]

井边的大榕树，新叶叠翠。

水圳边的鲜花，如火如霞。

迎着早霞，戴头帕、穿花鞋的壮家新娘挑着霞光，挑着两只空水桶款款而来。

昨夜，她已从力妹变成新娘，从姑娘变身媳妇。

今晨，新娘的幸福仍像初绽的蓓蕾，杏圆眼藏着笑意。树上的鸟儿好奇地打量着她。

村旁大山的茫茫森林发出神秘的气息，古老与新鲜的梦在晨光中徐徐绽放，渐渐透明。

在睫毛下动情的波涛里，水井像她的心事一样深不可测。

水桶与水相碰的声音中，她的心也在晃荡，荡起一层层的涟漪。

她挑着一担满满的新水回家，水桶沉甸甸的，像未来的日子，有欢笑，更有沉重与承担。

朝霞映在水桶中的水面上。一片彩色的情韵，在水中扩散……

注：

[1]汲新水：粤西北壮族的一种风俗，即婚后新娘翌日早晨须起床挑一担水回家。

原载《羊城晚报》1991年5月24日

山寨流韵

山风在你的身边走过，弹奏着多彩的琴弦。

太阳睁大瞳孔，阅读一部新版著作。

走进石林，走进岩画，与坍塌的木楼。豁然敞开的是峰峦的奇崛与真诚。

情歌，娇媚而粗野；果园，橙黄而诱人；糯酒，散发扑鼻的芳香。

早已结束，远古的图腾，山野的寂寞，深谷的荒凉，令人战栗的血腥，呛人的火药味，以及饥饿的阴影，孤独的灵魂。

早就开始，甜梦与史诗，大山的喜悦与笑声。

一只只金色的蜜蜂，伏在花骨朵上，酿造没有苦涩的日月，倾听历史的呼啸。

阳光耕耘的土地，滋生郁郁葱葱的希望。

原载《深圳特区报》1997年2月6日、清远散文集《业写三春秋》1991年出版

山里人

在山清水秀的地方，生长着一群坚强灵秀的山民。

山的神韵，山的灵气，山的刚毅，山的质朴，山的气度。

可是，只有神秘的大山欣赏，只有平淡的大山钟情。

那支古歌已经变味，那个神话早已失色，山里人，被罩在云雾下，朦胧而神秘。

总有冲破古训的山鹰，从远方衔回一支神圣的新曲。于是，春风在绿叶中流淌，大山，因此而生动丰富。山里人缤纷的脚步，叩击着希望的胎宫……

原载清远散文集《业写三春秋》1991年出版

游灯装古事[①]

鞭炮"噼噼啪啪"，锣鼓"咚咚咚锵锵锵"！

木枝，竹笏，彩纸……

鱼，鸟，七彩的花……

圆的，长的，扁的仿真武器……

夜幕降临，"咚！咚！咚！"三声铳响，灯笼开路，游灯队伍缓缓驰出村庄。

七彩的灯，炫目的灯，欢乐的灯，流成夜幕下山野田间的一条灯河。

穿着古人服饰的壮民，挥着"刀、剑、矛、盾"，浩浩荡荡，蔚为壮观。

灯河穿过醉朦胧、喜荡漾的山野，从一个村庄流向另一个村庄。

欢乐的锣鼓，敲出划破夜幕的电光石火，敲亮隐匿在天幕背后的繁星。

他们在一个村庄的地坪停下，开始表演古老的故事：七仙姐妹下凡寻找人间的爱情与幸福；刘关张在桃园盟誓三结义；孙悟空挥舞金箍棒从天而降，打得白骨精走投无路；凶神恶煞的吊睛白额大虫，怎敌打虎英雄武松的几记铁拳头；鲁智深左冲右杀，杀出满场喝彩……

看呐，古老的故事在壮乡演绎，游走的灯河将壮山田峒照得通天彻地地光亮……

注：

①游灯装古事：粤北壮家人在年初二至元宵节期间，喜欢举办游灯装古事的活动。

原载《南方农村报》2022年9月3日

开 眉

> 粤北壮家姑娘临出嫁的早上,须由姑嫂给她梳妆、"开眉"。
>
> ——题记

一面明亮的镜子,照着姣美的容颜,照着迸发希望热力的青春。

爱情在湖水般的明眸中闪烁,幸福在起伏的胸脯内骚动。

姑嫂在她的前额、脸上、眉毛、颈项抹上灶心灰,用红丝绳绞掉脸上、前额的一根根纤细的汗毛,把刘海梳成少妇模样。

或许是憧憬即将到来的新娘的幸福日子,力妹的双颊忽然飘来两朵红霞。

姑嫂的巧手,将她的双眉变成了一对弯月。

莫非爱情与幸福就是美丽的弯月,既触手可及,又遥远深邃?

今夜,你将用你的弯月去收割成熟的爱情,丰满的幸福……

原载《南方农村报》2022年9月3日

优嗨歌[①]

山峦般起伏，粗犷。呼唤遥远而亲切的气息。呼唤爱，呼唤生命与激情的相遇。

稻谷的芳醇，木叶的清香，月亮的温婉，篝火的浓度，酒的嘴唇，喉结的风暴。

天地间，一切都在沉沦、退却，只有哥贵的咚咚脚步，莎妹的飘飘裙裾。

"优嗨。"

"优嗨。"

富有磁性的声音，将瑶山的黑夜幻化成一个爱的舞台。

注：
①优嗨歌：粤西北瑶族（排瑶）的一种歌堂曲。

原载《文艺报》2017年8月2日、《南方农村报》2022年9月3日、《北部湾文学》2023年第4期

牛角号

"哎奴海奴荷嘟嘟——"

嘹亮的牛角号从公爹、哥贵口中的牛角传出,让听者的血液在体内飞旋、燃烧。

山鸣谷应。

瑶山的千山万谷在震撼。

雄浑,男性的力的迸发。

悠扬,令森林野草皆动情。

吹得百花吐艳,群鸟凝神。

长长的号声,拨动了莎腰妹的心弦,让爱的心湖陡然涨潮。

弯月般的牛角,是力与美的象征;奔放的牛角号,是瑶山的另一种天籁。

原载《南方农村报》2022 年 9 月 3 日

树林里的歌声

山林里泻下了万缕晨光,鸟儿在林子里婉转歌唱。一声声,那么圆润,那么动人。

莎妹走出三角窗,她的脸被朝霞染得通红,深情的双眸神采飞扬。哥贵在林子里等待着,心都快要蹦出胸膛了,像敲着鼓,咚咚作响。

身旁的瀑布如雷鸣般的掌声,露珠闪烁着友好热情的目光,山花张开妩媚的笑脸,野果轻轻地摇着金色的铃铛……

群鸟齐鸣,谁见过那么热闹的歌台?茫茫瑶山,似有万只百灵在演唱。欢迎啊,用最隆重的仪式,欢迎这个剽悍的哥贵,那个秀美的莎妹。

于是,哥贵开唱了,将爱的心声吐露,黄莺凝神谛听,鹧鸪瞪大眼睛,莎妹的心,似江水在翻腾。

于是,莎妹亮开甜嫩的嗓子,顿时,画眉羞红了脸,山鸡听呆了神。哥贵的心花,却似山花怒放。

什么歌声这么动人,如同春雷滚过山峦?爱情的海水陡然涨潮,哥贵疾步穿越树林,奔走在山冈。采一束山花给莎妹,愿爱情永远散发芬芳。摘一捧鲜红的野果,嚼啊,品啊,品着大自然的馈赠与甜香。

心与心碰撞出火花，神奇的种子便在萌芽生长。他们等不及歌堂，八月开唱节，也胜似歌堂。成熟的季节，收获吧，在这美丽的山冈。

饮一口山泉，品味青春与幸福；采一片树叶做叶笛，吹奏爱的心曲。笛声将年轻人的心弦拨动，歌声在飘香的山谷荡漾……

原载《广东人口报》1997年12月9日

瑶山的早晨

踏着轻盈的脚步，你从幽静的山道来了。

走出了温柔迷离的梦境，你轻摇着每一片绿叶，捧起了太阳红红的脸盘。

你打开了小鸟惺忪的睡眼，让寂静的山林搭起了百鸟的歌台；你走过寨子，扯起木楼里的一缕缕炊烟，饭菜的芬芳溢满了山谷。孩子们登上高高的屋顶，在背诵"日照香炉生紫烟"。

在你温馨的晨光下，闪出了穿花裙的莎妹，骑摩托的哥贵。鸡鸣、牛哞、羊咩，与粉碎机的轰鸣，把山寨闹腾得沸沸扬扬。

呵，在你的希望丝线编织下，我们捞起了一个多么鲜嫩的瑶山。

原载《民族报》1987年10月8日

沙水冲的路

　　故乡沙水冲的路,是一条开满鲜花的路。弯弯曲曲的山道,曲径通幽,两旁是逶迤的崇山峻岭,茂林秀竹,最难忘的是一年四季,都有山花在路旁次第盛开。春天,火红的杜鹃,将山路烧成一片云霞;桃红的野牡丹,山间国色,虽无洛阳牡丹那么雍容华贵,但自有其迷人风采;夏日,有白色的茉莉,如银似雪;秋天,有金色的野菊,星光闪耀,将山路点染成金色的海洋;四时还有姹紫嫣红的山稔花,缠树绕枝的牵牛花,灼灼的桃花,将山路摇曳得如梦如幻;那装扮得似花似叶的三角梅,三瓣花,将秋冬的萧瑟赶到山那边;还有洁白的油茶花,香甜,吸引着一只只蜜蜂前来采蜜;山茶花,鲜红、洁白、紫赤、墨淡;日日鲜,四季开不停……

　　故乡的路,飘荡着花的香甜。

　　故乡的路,簇拥着花的芳菲。

　　袅娜的身姿,沁人的幽香,绿荫花影,溅起一片诗光梦影。

　　走在故乡那山花烂漫、七彩缤纷的山路,人心如花,流淌着美丽。一切苦累、愁闷都会被山花的芬芳淹没、荡涤。

　　故乡的路,是一条长长的赤橙黄绿青蓝紫七色彩绸,在大山间飘逸、缭绕,晚送夕阳,晨迎朝霞。多少回,我走在这一条花团锦簇的山路,我的童年、少年、青年的生命年轮,都刻着山路的崎岖,山花的芳馨，山溪的欢笑，山泉的琴韵，山鸟的鸣奏。更记得，乡亲们在山路上春挑秧苗肥料下田间，夏秋担满满的稻谷健步回地堂，笋担穿花间，笑语洒山道，彩巾擦热汗，山歌飘山野。

故乡的路，又是一根跳动的时代脉搏。从我们村到公社、圩镇，最初是一条田间小路，曲里拐弯，坎坎坷坷，坑坑洼洼，20世纪60年代中叶，"地动三河铁臂摇"，在上级支持与沿路村庄农民挥锄舞镐洒热汗奋战下，它忽然变身一条简易公路，如同一条银龙，从上草圩直奔大山环抱的沙水冲；90年代后它又蜕变为水泥路。当年，人们骑着自行车在这儿来来回回，一台台手扶拖拉机、解放牌汽车从这条简易公路上驰过，一声声喇叭喊得欢畅，给山村带来几丝现代文明气息。记得生产队一位飒爽英姿的女社员驾着手扶拖拉机"突突突"地来回奔跑，吸引了多少行人的目光。我踏着这条简易公路走上求学之路，每天早上从沙水冲的家门出发，披着朝霞，沿公路疾走几里地，先到大队小学，后到公社中学读书，用脚步丈量青葱的岁月，用知识充实饥渴的头颅。故乡的简易公路，记录了我迎风雨、踏寒霜，来去匆匆的身影。如今，路旁的小学、中学校舍早已撤并废弃，成了寂寥的遗迹。而路旁村庄的一间间农舍，则早由泥砖屋变身富丽堂皇的水泥楼房。

故乡的路，是一条花树掩映、鸟韵相伴、洋溢诗情画意的自然之路，是一条富有磁性的路，时刻都牵引着我的心；是一条甩掉贫穷落后，逐步走向富裕文明的路；是一条刻着沧桑历史的路，一条弥漫乡情的路，一条充满张力的路，一条不断延伸光明与希望的路……

原载《广西日报》2022年10月24日，原题《故乡的路》，入选《中国年度优秀散文诗·2022卷》（新华出版社2023年出版）

辑二 履痕处处

戈壁红柳

茫茫大野，一簇簇红焰点亮了一阵又一阵的惊喜。

大漠荒凉，有了一件件赤袍；

边地遥寂，有了一团团紫云。

郁郁的绿，托举璨璨的红。如针的叶，凝聚高原的血液；火一般的豪情，烧退了朔风与寒意。

火旗。火旗。不知为谁燃烧？

是谁，让一个不会说话的生命，用它的绿，用它的红，与天空对话，与荒野对话，与历史对话，与未来对话？

根深扎黄土，狂暴的风拔不起，肆虐的雨摧不折，无情的雪压不垮。

死亡的阴影一次次聚拢过来，又一次次悻悻地溃散。抖动的红针叶，如同系在地球上的一个蝴蝶结。

硬朗的绿，熊熊的红，缱绻在失血的漠野，翩翩于野火焚烧过的苍茫辽远的氤氲。

原载《散文诗世界》2014 年第 5 期

交河故城[1]

苍茫的大戈壁中间，突起一座废城。

残垣断壁，被赤焰打磨成一个遥远的千古之谜。

一排排、一间间残屋，在默哀它丢失的屋顶，失落的繁华，湮没的辉煌，遗失的文明。

残秃的佛寺院。古井下的两具女尸，被谁残杀？几百个婴幼儿，为谁所害？而万能的佛呢？他们的弥天法力为何竟不能挽狂澜于既倒，眼睁睁，看着无数鲜嫩的生命之火被掐灭，巍峨的城池被血泪浸泡。

他们的欢乐与笑声呢？他们的爱情歌声呢？车师国王的文治武功呢？统统都已被朔风卷走，被流沙掩埋，被时间风化。

那隐匿于地道中的阴谋，那屹立于城堞上的抗争，那飞迸喷溅的热血……一切均已无可寻觅，只有零星的萋萋秋草，摇曳着千年的悲伤。

沉睡的还在沉睡，如同这古老的石头；苏醒的或许已经苏醒。

我仿佛看见，埋藏地下的一双双眼睛，在幽暗的隧道中睁开，闪烁熄灭千年的光芒……

注：

[1] 交河故城：地处新疆吐鲁番市。

原载《散文诗世界》《粤海散文》，入选《2013中国散文诗年选》（花城出版社2014年出版）

喀纳斯湖

绿得极致。

从碧绿到碧蓝。

绿得飘逸。站在高处往下看，它就是一条绿色而柔软嫩滑的飘带，向远方缓缓飘去。

绿得深邃。总感觉湖中藏着亿万斯年的大自然秘密，藏着深不见底的情，藏着神奇的神话传说。

绿得幽雅。那么的静谧，像一个遥远而朦胧的梦。这梦是灵动而深沉的诗，是浓墨重彩的画，是酽酽的酒……

这是一湖温柔的水。温柔得像女人嫩滑的肌肤和如水的性格。

这是一湖生命之水。冬日来临，它两岸的绿树秀草都被皑皑白雪封冻，而它在酷寒的笼罩下，依然有鲜活的生命在潜藏、涌动。

喀纳斯湖，你的绿韵，你的美妙神情，令我久久盘桓，不愿离去……

原载《散文诗世界》《粤海散文》，入选《2013中国散文诗年选》（花城出版社2014年出版）

火焰山

一座山是一团火,一团火就是一座山。

赭红的山,仍在喷吐热浪。

不见一棵草,更没一株树。不见孙悟空,不见唐僧,不见猪八戒,更见不到牛魔王与铁扇公主。只见起伏的山峦,一根根凸显的肋骨,一块块褐红的石头与泥块,在裸露焦灼的渴望。

不知它胸中究竟蕴藏了多少的热,以至于几千年的冰雪,也冻不灭它燃烧的火?

无数个洞窟,可是沉寂地火的出口?

扑不灭的火焰,燃不完的热能,灼热的心事,沸腾的潜流,在戈壁滩的腹部,隐忍、升腾、沉默、冲撞、等待……

谁,将你摄入眼帘,谁的心中便会有一团赤火。

谁的目光与你裸露的岩层相撞,谁的心中便擦出激情的火花。

原载《散文诗世界》2014 年第 5 期

葡萄沟

绿色的棚顶,绿色的墙,织成绿色的长廊。

一簇簇、一串串绿葡萄、白葡萄、紫葡萄,有如一簇簇珍珠玛瑙,在葡萄藤中悬挂,在葡萄叶中闪动彩色的明眸。

凝碧的风,拂动着采葡萄的维吾尔姑娘美丽的裙裾。甜蜜的风,将我的身心一层又一层地包裹。

浓得化不开的,是太阳酿造的葡萄酒。只一杯,便甜透了五脏六腑,甜透万里征程。

我被这层层叠叠的珍珠玛瑙熏醉,吐出的气,是一缕缕的芬醇;写出的诗,也沾着一丝丝的芳香。

原载《散文诗世界》2014 年第 5 期

极地雪峰

冰雪将山体及生命一层一层地覆盖。

千年万载,只有虚拟的神在山上出没,微笑,接受众人的跪拜。

阳光雪一样冷白。不见阴影,阴影隐匿在心里。

雪白、透明,令人看透一切,又无法穿透一切。

伸手可触的是万能的"真言"所预示的,指引的,翻飞着的经幡。

偶见雪莲,像善良而美丽的心,微微地笑着。

登上山顶,离天堂只有一步之遥。

一两只兀鹰振翼扑向苍茫的天空。

而我没有翅膀。我只能屹立大地,与山水对视,交流着千年的相思。

原载《长春晚报》2005 年 8 月 16 日

半　坡

一只陶,被时间埋葬了六千多年。

汨汨的水,似乎还流着。那是华夏文化之源,从远古流到今天。

虽然被岁月厚厚尘封,但终于重焕光彩。

那衔鱼的鱼面人,该是半坡人留给今天的暗语。石刀、石斧、石箭、石铲、石轮、石磨盘……是初民与大自然搏斗的见证。那难懂的符号文字,是黄河半坡人智慧的凝结与闪光。

半坡人是顽强的。

他们用骨刀砍去荒芜，种食，一捧柴火，燃尽一个又一个寒夜；他们用骨钩，钓着生活的希望；他们用骨箭去征服凶悍的野兽。

击石而歌。击壤而歌。踏火而歌。生命在粗野地歌舞燃烧！

虽然彩陶曾经破碎，生之火种已寂灭，躯体甚至变化石，但半坡人那凝重的身影，奋进的精魄，沉重有力的足音仍在敲击着我的神经！

因为，我和他们毕竟同是一血脉的。

原载《星星·散文诗》2014年第5期，入选《中国散文诗年选》（花城出版社出版）

牛　市

牛市嚣嚣。

牛的盛会。在山镇，牛与牛，雄牛与雌牛，黄牛与水牛，老牛与小牛，都在这里相聚。用目光，用鼻息，用嗓喉，用不时晃悠的尾巴，表示它们之间的爱恨、友谊、欢乐、痛苦。

牛市无歌，歌已留在山野、田间、草地。

人们察看它们，捏摸它们的鼻、角、腹、背、腿、蹄。它们在人们眼中，只是一种会劳动的工具，一种会哞的动物，一盘可烹、可煮、可煲、可炖的美味佳肴。

牛市寂寂。一头一头的牛被人牵走了。走向田野，走向劳役，走向屠刀。

它目送它们一个个离去，它告别了它们的泪光。

间或地呼叫，是那么动魄惊心。

默默地生，默默地耕作、分别、死亡，它们的心事，无人知晓。

兴奋的是人。他们从牛身上获取了钱，或用钱得到了牛。他们是牛的主宰。

牛市是牛的节日，也是牛的祭日。它昂奋了一双双目光，给山镇与山民，留下了牛的善良，牛的韧劲，牛的真诚……

原载《闽南日报》2005年3月7日，入选《2005中国年度散文诗》（漓江出版社2006年出版）

红丘陵

炫目的苍穹下，旖旎的红丘陵浮荡着一片朦胧的灵气。无数的渴望都动情在这野性的波浪里。红男绿女伴着铜鼓的呼唤，为寻找暖色的太阳如夸父逐日匆匆前行。

山歌流漾，牛铃叮鸣。春鸟拍翅，花潮淹没古老的村寨，浮起淡淡的笑靥，淡淡的思恋，淡淡的惆怅，淡淡的希望。

蓊蓊郁郁的树，摇响古铜色的节奏。蓝蓝的鸽哨，透明的恬逸。溪流、古井、水塘兴奋地敞开了明亮的心灵。

田间的躬耕声漫延成王维的诗句。绿色的精灵，擎起生命的旗幡，走向斑斓的岁月，在湛蓝的风中锻着金色喧响……

红丘陵，红丘陵！你是东方地平线上颤动的温情，是我赤裸裸灵魂绝妙的归宿。

原载《羊城晚报》1991年5月24日

荒芜的开发区

开发区长在城镇的边缘。

悄悄地蚕食着农民的土地，蚕食着农民的口粮，鲸吞着农民对丰收的祈望，对富裕与幸福的追求，对未来的向往。

不长工厂，只长萋萋芳草。

不长楼房，只长腐败的根须，并一寸寸地蔓延。

不长效益，只长虚假的数字、政绩。

某些人的酒杯里，斟满了不知谁的血、谁的泪，谁的欢乐、谁的悲伤。

"草色遥看近却无",荒芜了的,何止是一个季节,一片田野?

原载《中国散文诗》2005年第2期

南方古镇

依在水边,一泊,就是千年。

柳莺一声声啼转,唤醒一波波春汛,修竹柔柔地拂动,使你的影子更像一幅水墨画。

爬满青苔的石板路,悠悠地载着远去的故事;弥漫酒香的小巷,飘满古朴的风情;残存的城堞,引发着人们的怀古幽思。

两排青砖斑驳的老屋,依然不肯退役;巍峨林立的水泥楼房,早就成了古镇的制高点;

影剧院、灯光球场、卡拉OK歌舞厅、文化活动中心、图书馆……一个个新的景观令人眼花缭乱;琅琅书声,优美的歌声,使古镇感奋而聪慧;农贸市场和一家家公司、企业、工厂,使古镇驶进了改革开放、市场经济的时代河流……

桃花依旧,青山如黛。曾经产生过许多传奇、故事的古镇,曾经在默默地裂变新生。

古镇,凝结着一颗颗奋发之魂,如同一只挣脱绳索的鹰,跃进了无限广阔迷人的空间。

　　古镇，我的心遗失在你的身上，我的爱融在你古朴又新鲜的风情里。

　　莺声燕语，牵动我回到你的身边，走进你古老又年轻的怀抱，去种植红的花朵、绿的希望，拓展斑斓的风景……

原载《海口晚报》1998年10月19日

北戴河观沧海

　　走在北戴河柔软的沙滩放眼远望，沧海一片蔚蓝，无垠的辽阔，无际的壮美。墨绿色的大海，一阵阵波涛绽放朵朵雪白的浪花，向脚下滚滚扑来，拍击着海岸线，然后又呼啸而去，扑向茫茫的大海。

　　一只只海鸥在碧空振翅翱翔，飞向海天相接处。

　　山海关老龙头隐隐可见。巨龙在饮水，在养精蓄锐，一旦腾飞，将是一幕无比震撼人心的景观。

　　"东临碣石，以观沧海""老骥伏枥，志在千里"的魏武曹操早已化为烟尘，但他的诗句却留在了沧海。

　　"萧瑟秋风今又是，换了人间。"伟人毛泽东的词句仍如大海的涛声般激动心弦。

彩云追逐着远去的帆影。

浪花扑打着航标，航标岿然不动，笑迎浪花的欢歌。

海平面下，是另一个看不见的壮丽世界，一定有一个庞大的水族，潜游着无数的鱼虾蟹鳖、鲨鳄龟蛇，它们吞吐着咸味海水，吞吐着日月星辰……

礁石从海面伸出头来，好心提示过往航船：不要靠近我。

渐渐，海滨有了游泳的人，他们穿着泳衣，纵身浪花，搏击浪涛，其乐无穷。

在大海的面前，我感到了自己的渺小。

哦，这波动的大海，温柔的大海，浑茫的大海，沉睡的大海，苏醒的大海，欢乐的大海，愤怒的大海，奔腾的大海，温暖的大海，思索的大海，泛着金光的大海，深不可测的大海，文明又野蛮的大海，古老又年轻的大海啊，我真想融入你，或者，让你荡涤我的心，让我的心像你一样透明，常开不败的花朵。我的胸怀，像你一样博大，我的激情像你一样浩瀚……

原载《工农文学》2022年第4期、《湛江日报》2022年10月27日

辑三 热血英魂

在澎湃的涛声中永恒

——写给彭湃

彭湃,1896年生,广东省海丰县城郊桥东社(今广东省汕尾市海丰县海城镇)人,出身于一个工商地主家庭。1921年加入中国社会主义青年团,1924年初由团转入中国共产党。1927年10月,在广东海陆丰地区(今汕尾市)领导武装起义,建立了海丰、陆丰县苏维埃政府。1928年当选中央政治局委员,中共中央农委书记,1929年8月被叛徒出卖被捕,8月30日在上海龙华英勇就义,年仅33岁。

熊熊大火,一下烧毁五百多张你自己彭家"田仔"——佃农的地契。

将土地交还给农民,这是何等的无私胸怀、气魄与胆识!

你是现代中国早醒者之一。早醒于马克思主义的熏陶、启蒙,早醒于你与农民打成一片,与他们心贴心。他们漫长的受剥削压榨的历史与现实的苦难,唤起了你的良知。

在海陆丰,你最早播种农运的种子,播撒真理的声音。你点燃革命的烈火,点亮了潮汕,映红了岭南乃至华夏。

你唤醒农民,最早成立农民协会,为广大的农民撑腰。

远赴广宁,你组织农民反抗地主武装,锄头、梭镖,让土豪劣绅闻风丧胆。

红潮澎湃,冲击着封建统治的基石。

海丰红宫、红场,海陆丰苏维埃政府宣告成立,这是人民民主政权的雏形。数万人参加的群众大会,焚烧田契四十七万多张,租簿五万八千多本。

你烧断的,是"田公"剥削农民的历史。

赤潮澎湃,最终冲垮反动腐朽的统治。

澎湃的潮声,汇入历史波澜的壮丽与浩瀚。

你在澎湃的涛声中永恒……

原载《工农文学》2022年第4期、《云浮日报》2021年8月26日,入选《中国年度优秀散文诗·2021卷》(新华出版社2022年出版)

松柏常青
——写给赖松柏

赖松柏,1901年生于广东省清远市清新县回澜乡庙仔岗村,曾任中共广东省委委员、清远六区农会委员长，1928年被国民党反动派逮捕，不久英勇就义。

  好一株巍然挺拔、葳蕤葱郁的大树。
  其名松柏，松柏其魂。
  松柏长自南粤清远清新，太和镇庙仔岗村。
  英雄已离去近一个世纪。
  但他的壮举业绩却长留南粤大地。
  是他，点燃清远农运的烈火，石板农会，如星星之火，火光，映红北江两岸。黑夜的宫殿眼看就要被烧掉一角。
  反压迫，抗剥削，反苛捐杂税，惩办破坏农民运动的劣绅，让泥腿子们扬眉吐气；组织"清远农军暴动"，冲锋陷阵；激战反动民团，坚守堡垒，威震敌胆；参加南昌起义、广州起义，霹雳雷鸣中，有他发出的呐喊与火光。
  广州。1928。瘦狗岭石场。"叮叮当当"的敲石声中，如狼似虎的敌人扑上来。三位战友眼看就要暴露，危急中，一声"赖松柏在此"，吸引了叛徒与敌人的目光。
  战友脱险，他却陷入了魔掌。
  二十七岁的年轻生命，血洒羊城。
  九十多年过去，那声"赖松柏在此"，视死如归，感天动地，浩气干云。
  "赖松柏在此"——"英雄在此"！

英雄不朽,松柏常青。

原载《云浮日报》2021年8月26日、《工农文学》2022年第4期

不屈的蔷薇
——写给朱永仪

朱永仪,字蔷薇,女,1925年生于广东省台山县钱眼村,1944年在粤北阳山县当小学教员时加入共产党。1947年11月,在她的坚决要求下,组织安排她从香港返回广宁游击区,任"飞雷队"文书;1948年6月,随部队挺进连阳(今连州、连南、连山、阳山四县市的简称),在一次战斗中被捕;1948年12月,敌人将她秘密杀害于阳山县城,年仅23岁。

你是一株坚强的蔷薇,不屈的蔷薇。

你的名字,没有向警予、杨开慧、赵一曼、刘胡兰、江竹筠这些女烈士的名字那么响亮、璀璨,但你的名字,也是粤北绵绵山岭间的一曲壮美的绝唱。

暗夜里怒放的蔷薇,殷红的蔷薇,心中装着革命、战斗、同志,

不留恋香港的大都会生活，偏要去生活艰苦、虎狼成群、白色恐怖、腥风血雨的战场。

广宁—连阳，你出没在平原村庄，出生入死于崇山峻岭。

为掩护战友们突围，你选择把危险留给已经受伤的自己。

你被捕了，敌人喜出望外，他们企图从你口中要到他们想要的东西。

他们的如意算盘，如竹篮打水一场空。

你以钢铁般的意志，抗击凶残敌人的酷刑拷打。

敌人很快露出最狰狞的面目，举起屠刀，将你秘密杀害。

美丽的蔷薇被毒手摧折了，但不久，你和无数烈士鲜血染红的黎明，在人民的欢呼声中降临人间。

原载《云浮日报》2021年8月26日、《工农文学》2022年第4期

烈火英姿

——写给向秀丽

向秀丽，女，1933年5月13日出生于广东清远。1956年，成为广州何济公制药厂女工；1958年10月被批准为中国共产党预

备党员；1958年12月13日，车间满装酒精的大瓶瓶底突然断裂，引起火灾，向秀丽用自己的身躯挡住了烈火的蔓延；她于1959年1月15日12时43分逝世，年仅25岁。2009年新中国成立60周年之际，向秀丽被评为"100位新中国成立以来感动中国人物"。

小时候，我读过你的事迹，但不留意你是清远人。

你舍命扑向烈火，是我崇敬的偶像。

几十年后，向秀丽公园、向秀丽纪念馆，游人如织，面对你的塑像，我心头无数次浮现、闪回你短暂而闪光的一生。

肇庆的破庙里，八岁的你，给地主打工，凛冽的寒风中，你光着脚板挑水，大脚趾被冻烂，在狼窝苦海里挣扎，又倔强地站起。

滔滔的珠江河一定记得，在广州进工厂，当童工，你逐渐成长，与不法资本家斗争，你一身硬骨，一腔正气。

白云山的绿树青峰做证，学技术，苦钻研，你练就一身真本事，光荣入团再入党，鲜红的镰刀锤头旗帜面前，你将金色的信仰筑牢在心底。

此刻，酒精瓶忽然掉地，迸裂，"火——金属钠——大爆炸！"烈火如猛虎，人民生命、国家财产危在旦夕。

千钧一发之际，你扑向烈火。

这一刹那，你没有犹豫、畏惧与退缩。

"快叫人！不要管我，快快！"

烈火如毒蛇，噬咬着你的皮肤。

烈火如魔鬼，在夺去你的生命。

花一样的青春，披着烈焰的身影，在历史的影像与记忆中定格。

青春，在烈火中升华；

青春，在烈火中美丽；

生命，在烈火中伟大，在烈火中永恒。

烈火中的英姿，不朽的英魂，亮丽在华夏的天地山川……

原载《工农文学》2022年第4期、《云浮日报》2021年8月26日

红色的鹰

——写给冯达飞

冯达飞，1901年生于广东连县（今广东省连州市）东陂镇，曾参加广州起义与百色起义，曾任红军独立第三师师长、红八军代理军长、新四军新二支队副司令员。"皖南事变"被俘后，坚贞不屈、拒不投降，在江西上饶壮烈牺牲，年仅43岁。

红军第一个飞行员，第一个飞行教官，你将自己炼成一只雄鹰。

红色的鹰，从粤北连县东陂起飞，飞向黄埔，飞过长江、黄河，

飞向苏联，万里航程，穿越乌云闪电、暴风骤雨，雄鹰的翅膀愈发丰满、坚强。

广州起义，百色起义，你展翅搏击乌云，撕碎黑夜。

鹰的身姿何等矫健、勇猛。

铁流二万五千里，鹰的身影掠过逶迤磅礴的五岭，激流汹涌的金沙江，皑皑的雪山，茫茫的草地。

抗日烽火燃华夏，你驰骋大江南北，与日寇厮杀于疆场。

"皖南事变"，你的翅膀被罪恶的黑手囚禁。

上饶集中营，面对威逼利诱，虽然也渴望在蓝天自由翱翔，但你决不以出卖灵魂、出卖崇高的共产主义信仰为代价。

茅家岭山坡上，一声枪响，刽子手夺去了你灿烂的生命，但夺不走你刻在历史上的功绩，抹不掉你飞翔的雄姿。

原载《潮州日报》2021年10月1日，入选《中国年度优秀散文诗·2021卷》（新华出版社2022年出版），又载《西江日报》2022年9月17日、《工农文学》2022年第4期

逆行的蔬菜

2020年疫情期间，汶川大地震受灾区四川省德阳市什邡市湔

氏镇天宫村多位农民共向武汉灾区捐赠 30 万斤蔬菜。

——题记

三十万斤蔬菜，带着天宫村农民火热赤诚的爱心，随着汽车的一声鸣笛，风驰电掣，逆行驶向灾区武汉。

绿油油的蒜苗，白生生的萝卜，蓬勃勃的上海青……三十万斤，要种多少亩田地？该下多少万棵种苗？该除多少回杂草，浇多少担水，施多少回肥，流多少滴晶莹的汗水？

帮忙收菜的农民，一群又一群；帮忙装车的邻里，一茬接一茬。

难忘当年汶川大地震，全国四面八方纷纷伸来援手，那份深情厚谊至今还暖在心头。

武汉有难，该我们出手。爱的旋律，我们谱上新曲；爱的诗篇，我们续写新篇。

炎黄子孙患难与共，手足情深，血脉相连。为白衣天使助一把力，为战胜疫魔添几滴油，我们便有使不完的劲。

运菜的汽车出发了，翻山越岭，穿沟过谷，向着湖北，武汉，向着白黑队伍搏斗的战场……

原载《清远日报》2020 年 6 月 12 日

为了远方的召唤

风呼呼。

雨萧萧。

疫情急。

为了远方的召唤……

一批,两批,三批,四批……四万多名白衣战士接连出征湖北。

夫别妻,妻送郎,父母送子女上战场。

此去征程,不仅有风,有雨,有雷电,还有冰雪,更有疯狂的新冠疫魔,有无数隐形的剑戟,有看不见的硝烟,有深沟、激流、险滩、危岩……

既是壮士,便无所畏惧,纵是赴汤蹈火、粉身碎骨,也决不后退。

穿越五岭、潇水、南岳、湘江、洞庭,太行、黄河、长江……像一支支离弦的箭,向着武汉,荆襄大地进发。

你们从冬天出发,与冬天搏击,用脚步叩响春的胎音。

你们要去拯救生命,托举一枚枚即将沉沦的生命太阳,托起春的笑靥,升起春的音符、春的笑声。

远征!你们去击溃严冬的大堤,用温暖的双手,推开了温暖斑斓的春之帷幕。

原载《茂名晚报》2020年4月9日,入选《2020中国散文诗年选》（花城出版社 2021 年出版）

五星红旗

  国旗——五星红旗,朝霞一样美丽,火焰一样燃烧。五颗金星,多么璀璨,多么迷人。

  每当我看到五星红旗冉冉升起,飒飒飘扬,胸中总要滚过激动的雷鸣。

  为了这面旗帜的升起,多少英烈抛头颅、洒热血,用鲜血染红了旗上的每一根纤维。

  五颗金星,把金色的光轮向世界辐射。

  挺立的旗杆,是中华民族折不断的脊梁。

  你的升起,敲响了压在中国人民头上的"三座大山"的丧钟,宣告了一个民族的浴火重生,宣告了一个伟大的中华人民共和国,如朝阳般在东方地平线上喷薄而出。

  仰望五星红旗一次又一次在国歌的伴奏下,在奥运会、亚运会,在世界各地升起,哪个炎黄子孙不感到骄傲与自豪?

  太阳的巨手在五星红旗上书写着一部辉煌的史诗,十四亿人民每一天都在为这部史诗书写、增添新的壮丽篇章。

五星红旗经受得住任何狂风暴雨的袭击。风暴洗礼后,你的色彩更鲜艳,五星更亮丽。

仰望五星红旗,我就会想起东方巨人雄健的步伐,想起祖国从"站起来""富起来"到"强起来"的天翻地覆的巨变,想起那一个又一个史无前例的伟大成就。

总感觉五星红旗像母亲的目光,抚摸着我的生命、我的灵魂,一种幸福感与自豪感油然而生。

五星红旗,正像一面征帆,鼓荡着猎猎雄风,召唤着,指引着亿万中国人民迈向更辉煌绚丽迷人的远方……

我爱五星红旗……

选自《西江日报》2022年9月17日、《防城港日报》2022年10月1日

烈士纪念日感怀

我国以法律形式将9月30日设立为烈士纪念日。

——题记

烈士者,壮烈之士,英勇之士,慷慨之士,无私之士,高尚之

士，舍生忘死之士，大义之士也！

为了驱散浓重的夜幕，掀翻压在中国人民头上的"三座大山"，为了新中国的冉冉曙光，为了共和国这颗东方金色太阳的升起，为了保卫新中国的和平安宁与共和国的建设、繁荣、富强，为了人民生命财产的安全，多少英雄儿女抛头颅、洒热血，捐躯于疆场，牺牲在危急关头。李大钊、夏明翰、周文雍、陈铁军、张太雷、向警予、蔡和森、王尔琢、恽代英、陈潭秋、方志敏、赵一曼、杨靖宇、狼牙山五壮士、节振国、张思德、刘胡兰、董存瑞、江竹筠、杨根思、黄继光、邱少云、向秀丽、雷锋、欧阳海、王杰、苏宁、孔繁森、任长霞、李向群、黄文秀、刘智明、彭银华……千千万万的烈士，用血肉之魂，矗起了信仰的高标、信念的高标、正义的高标、无私奉献的高标，树起了民族独立、人民解放、自由、民主、进步的丰碑！

烈士，革命烈士——一个令人肃然起敬的名词，一个经过血火淬炼、钢铁锤击、风暴洗礼，用鲜血生命铸成的符号，一个令人悲痛怀念而又令人骄傲自豪的政治文化符号，一个光照人心的名词与符号。

烈士是一座丰碑，铭刻在祖国的史册。

烈士是一片沃土，因了他们，祖国的大地才得以青山长绿，春光常在，花朵不败，五谷丰登。

烈士是有形的，他们生前是一个个有血有肉的生命；烈士又是无形的，他们是理想、信仰、真理、正义、美德、意志、力量与美的灵魂化身。他们融信仰的太阳、理想的云霞、真理的源泉、精神的纯真、美德的春风、意志的磐石于一身。他们的光辉业绩，是一首首激荡人心、提升精神品德、净化灵魂、启迪未来的歌，雄壮、悠扬，既催人泪下，又激昂斗志……

绝大多数的烈士没有个人的墓碑，但碑早已立于亿万人民的心坎。

9月30日连接10月1日，两个日子紧紧相连，密不可分。烈士是共和国的基石，"国庆毋忘祭先烈"，我们不可忘了"从哪里来""到哪里去"。不能忘记先烈先驱的征程、血痕与足迹。

从9月30日走向10月1日，九百六十多万平方公里的国度阳光灿烂，花繁果硕，万里芬芳……

原载《茂名晚报》2022年9月29日

辑四 心灵底片

爝　火

爝火如天籁之音，从遥远的天际传来。

那时，落木萧萧，寒气飒飒。

爝火从山的深处，秋的深处，夜的深处出现。星星点点，像燃烧的火炬。

燃着了夜的底部。我看见一个世界在躁动，在痛苦，在狂笑，在挣扎，在奔突，在寻找一个新去处。

爝火是一个男人，跳着刚劲粗犷的舞步，舞动猎猎的雄风。

爝火是一个女人，舞着如水柔情，舞动时光的沉重与浪漫。

渐渐地，爝火燃着了石头、芒草、星星、月亮、太阳、天空、乌云……冰雪为之消融，春水为之流漾，黑夜为之化为灰烬。

我追随着爝火，让它照亮我的双眸。

我终于抓住了爝火。

我忍不住好奇，忍住疼痛，一层层扒开爝火，要看看它用的是什么燃料。

我吃惊，感动，震撼：原来，这爝火的燃料，是人心，是血，是魂，是骨髓……

难怪它千年不熄。即使被雨浇灭了,不久又会被空气与阳光点燃。

难怪它那么圣洁,那么透明,有日光的色彩,有月光的纯情,有星星的慧眼。

从那一天起,爝火便在我的心中燃烧,此后再也没熄灭过。

我甚至怀疑,没有爝火,那些血,一定是冰凉的;那些月光,一定是混沌的。

我甚至想我也成为一束爝火,因为,我也有心,有血,有肉,有魂,有骨髓……

原载《南方日报》2007年8月25日,入选《2007中国年度散文诗》(漓江出版社2008年出版)、《中国散文诗年选》(花城出版社出版)

磨刀石

再愚钝的刀斧,你也能把它磨得锋利。

以一寸寸销蚀了的身躯,成就刀斧一次次砍劈的快意。

"嚯嚯嚯"的磨刀声,流动着一片无声的绿血,其辉光与锋刃的光芒交映。

粗糙,却能砥砺意志。

质朴，却能将锈钝的刀斧磨得闪闪发亮。

锋利的刃，也是最软弱、最容易受伤的部分。虽有钢铁质素，也难敌柔韧的岁月。于是，它们只能求助于磨刀石，让它给自己加油鼓劲，找回青春与力量。

磨刀石与刀斧们的厮磨中产生的是快乐还是痛苦？其实，它们彼此都在销殒，凹陷的磨刀石，再也无法丰满，而刀斧虽能一次次地锋利，但也付出了一分分一厘厘瘦小下去的代价。

分不清它们是朋友，还是敌人。辨不出是爱还是恨。看不出谁胜谁负。

只看见荒芜在退却，也听见良木在战栗，鲜活的生命在哀号。

磨刀石静静地躺在屋角，它在期待着什么，又拒绝着什么。

哦，岁月有太多的荆棘，太多的荒芜，需要一把披荆斩棘的刀，也需要一块锻造锋芒的磨刀石。磨刀石镀亮了刀斧们的生命，刀斧们却阻断了一些生命的声音。不论这些生命是可爱还是可恨。

就这样，磨刀石磨出了一部正剧，一部喜剧，一部悲剧，一部荒诞剧。

原载《南方日报》2007年8月25日，入选《2010中国散文诗年选》（花城出版社2011年出版）

夜之歌

在夜的躯壳里,我静静地想……

夜是一个时间港湾,人们在这里停泊,在这里倾心交谈,安闲地休憩,等待着明天的远航。

夜是一把磨刀石,许多钝刀锈斧,在这里磨得锋利闪光,让明天的拓荒更有气势。

夜是一架砂轮,把思想的机器擦得铮亮。

为了梦翼的透明多彩,我们甩掉单调的记忆;为了理想的实现,我们夜以继日地执着追求,庄严地思索。

在夜的温馨里,我听到了奋斗的脚步声,看到了台灯坚守的明亮眼睛……

在夜的甜蜜中,我闻到了车间机油的香味,炉火的焦味,青工的汗味……

在夜的安宁中,一篇篇论文问世了,一个个新产品诞生了,一项项发明成功了……

我的迷惘,随着夜的到来而消失了;我的思想,在夜的过滤下更加纯净了;我的心啊,被那璀璨的灯火照得更加通明透亮了……

原载《青年导报》1985 年 9 月 13 日

雕 像

云雾散去之后，你还原为真实的生命。少女的幽梦在阳光的抚摸下悠然而醒。

于是茫茫的天宇充盈着你圣灵般的音符，七色的光焰滚动我纷繁的思绪。你那摄魂的双目点燃了我涌动的血潮。

你是女神，典雅而迷人；

你是魔鬼，令人癫狂而绝望；

你是旋律，充满渴望的音符；

你是预言，宣告太阳的诞辰，月亮的沉沦。

我的火焰为你燃烧。我的颂歌为你昂奋。我的生命为你悲壮。

岁月深处，一支歌子迤逦而来，花朵纷纷羞涩地缄默。你的光环在我头顶辐射，你神奇的笑照耀我幽暗的人生……

原载《中国散文诗大系》（广西民族出版社1992年出版）

触 须

看不见的触须，在地下悄悄地伸延。

在没有日月星光的世界，你感受冬夏春秋，体验风霜雨雪。

在没有路的地下，你的意志就是路，你的方向就是路，你的感觉就是路。

冻土堵不死你的路，巨石挡不住你的路，利剑斩不断你的路。

你的脚印缓慢、沉重，甚至痛苦，但没有一丝绝望的呻吟。

你的触角纤细，但从不麻木。

你走过无数道沟谷，无数峭壁悬崖，爬上神的额头，走进春的胸脯，走进夏的笑靥。

无声的浩歌，由一根根纤细的音符交织，纵然触燃雷火，也烧亮半边天幕……

原载《星星·散文诗》2014 年第 5 期

古老的风

　　站在远古的废墟上,我听到了古老的风。
　　风声如柔柔玉手,轻抚废墟的面颊,直抵历史的深处。
　　风声悠悠,幽幽,掩埋着生命,掩埋着美丽、刚强、软弱、善良、丑陋、罪恶、黑暗。
　　吹灭花朵,希望,鸟韵,春的灯光,夏的绿韵。
　　风的眼睛,一张一合,神秘莫测。
　　风的嘴唇,红艳、乌黑、雪白,充满诱惑,充满希望和苍凉。
　　风的裙裾,飘飘忽忽,娉娉婷婷,女神般捉摸不定。
　　一片片碎陶,是不是风的尸骸,在大漠中闪闪发亮?一棵棵胡杨,可是不老的老人,在苍茫的历史中深思?

原载《长春晚报》2005 年 8 月 16 日

生命河

　　生命是一棵树,它总是拼命向上,伸向蓝天,吸取阳光、空气、养分。

经受雷暴袭击后，它定然会长成千姿百态的景观。

生命之河奔腾不息，它能穿越激流险滩，卷起迷人的浪花，展现动人而瑰丽的光彩。

有时默默地跋涉，但每一步都踩下坚实的脚印。它的声音荡漾四野，给人们留下智慧的启迪，有时像飞浪，咆哮着卷走朽木浊泥，其壮观更能激动人心。

生命的可爱可贵在于，它给人留下比生命更宝贵的东西。

原载《海口晚报》1999年2月21日、《长春晚报》1997年6月3日

风中的黑鸟

两只黑色的翅膀，在风的波浪中奋力游弋。以优美的曲线，让天空为你倾斜。

精巧的身躯，仿佛成了宇宙的轴心，让一切会动的不会动的，一切清醒的蒙昧的，都侧目于你的舞蹈。

你翔旋、俯冲、攀升，生命的热能在耗散与集结，在舒展释放。

风，是你的伴侣，又是你的敌人。纵使他对你怀着恶意，妒忌

你的矫健与坚韧，但你毫不在意，任由他鞭打、撕扯、纠缠。

云朵，洁白绵软，揩去了你的几星鲜血。

星星，金色而微弱的火焰，使你感到一种遥远的祝福和温暖。

你的思维是否如这氤氲的世界一样寥廓？你小小的胸膛是否也有风的冰凉，雾的湿润，雷的轰鸣？

可爱的幽灵。虽然外表是黑色的，但你的魂却是多彩的，澄澈透明的，丰满深邃的。你的爱是博大的，你的歌——那是你积蕴了无数个日子的心声，从你尖细的嘴发出，顿时使"飕飕飕"的风解除了武装。

你的胸膛泛起了不息的波涛。

在风的颠簸与震颤中，你奔驰，开合，舒缓，翩翩，潇洒，悠然，自由的魂与天空对话，以无畏的舞姿走进了我的心灵。

原载《海口晚报》1998年11月26日、《星星·散文诗》2014年第5期，入选《粤港散文诗精选》（大世界出版有限公司2003年出版）、《广东散文诗选萃》（中国国际广播出版社2005年出版）、《中国年度优秀散文诗·2014卷》（新华出版社2015年出版）

远　行

无数的坎坷泥泞都被你的脚板丈量了，不知你还要走多久，走多远？

广袤的蛮荒、萋萋的野草、袅袅的云烟，是一种不可抵挡的诱惑。

一日的暴雨，一夜的风沙，向你轮番袭击。

你坚实的足音，敲击地面，走出一条艰难的道路。

你很寂寞孤独。只有遥远的星星向你投来致意的目光，只有柳树向你真诚地鞠躬，你不在乎，你心中只有遥远的地平线，只有那一轮辉煌的红日。你喜欢让那红日照彻生命，让生命在红日中融化、升华。

走过悬崖、沙漠、荆棘、乱石、废墟，涉过山涧、激流、冰河、雪谷，让犀利的风宰割肌肤，让饥饿检验信念的坚实，让严寒酷暑测试理想的忠贞。

一行长长弯弯曲曲的脚印……

一支雄浑有力的壮歌……

远行人，依然精神饱满，大步流星，目光如炬。

远方，一抹红霞，那是一位你追求多年的女子，向你泛起微笑的红晕……

原载《星星·散文诗》2014年第5期,入选《广东散文诗选萃》(中国国际广播出版社2005年出版)

采莲女

南塘之秋,那女子在采莲。

莲子青如水,女子心如火。谁解采莲女胸中的忧郁与深情,谁解莲子的真滋味?

一千多年。如白驹过隙。

莲叶仍然碧绿,莲花依旧红艳。那首采莲歌没有失传。

九月,霞光中,采莲姑娘在江南,唱着新的调子,在欢快地采莲。

那纤纤的手指,采着丰收的喜悦。

那湖水的瞳仁,波动着爱情。

那一只青色竹筐,盛满了一粒粒真实晶莹的太阳。

她不知道南塘那位女子的心绪,她只知道莲荷的根部是藕,是肥沃丰厚柔软的泥土,知道莲花曾与自己的青春一样灿烂,知道莲子功能不仅仅是药用、食用和拿到市场换钱……

轻轻唱着采莲曲,采莲女那美丽的歌声与身影,生动着翠绿的莲塘,连我的诗,也沾上了莲的意味,莲的丽色。

原载《海口晚报》1998年12月19日、《伊宁晚报》2008年8月19日,入选《粤港散文诗精选》(大世界出版有限公司2003年出版)

倾　听

伏在大地的胸脯,倾听。

花朵的声音汩汩溢出。一千种梦的风姿,一万种夜的悸动。灵魂在生命深处跳荡,摇响一蓬蓬生机盎然的歌韵。

河流在胴体里奔腾。阳光在烘烤燃烧。玫瑰的粉晕欲滴着无言的爱抚。大地用黑色的深沉,把你把我,全部融入缤纷的春天。

脚步咚咚。一只银色的耳朵飞出。倾听天地之跫音。

原载《清远报》1991年10月5日

秋　野

青春红成枫叶。落木萧萧。河流载白云到远方去旅游。

蓦然有黑鹞的尖叫,舔破蓝色天帷,欢呼熊熊火焰。

然后弥漫无垠的情感。

阳光触摸大地。把野菊握成秋天的印象。白色少女跳着探戈，然后坐在高地，深情地向我凝眸。红唇呢喃，芳菲扑鼻。

风尘而去，播一路醇醇。

远山在燃烧淡紫色的希望，似乎稳固地占领了世界的一隅，如春潮浸染了悠悠琴弦。

矗立的人生，如雕像般的古树，在瑟瑟的秋风中，伸成一片傲岸的帆。

原载《长春晚报》1998年9月17日、《星星·散文诗》2017年第10期，入选《广东散文诗选》（德宏民族出版社出版）

痴　情

面对你的美丽，我的心如逐春的蜂蝶，柔情缠绕着你。你的微笑，漾起我心的波澜。

你的目光，温馨我生命的旅程。

于是，我栖落你的枝头，吮吸你爱的甘霖。

我微笑着拒绝命运，但决不拒绝你的赐予。

我生命的光化作鲜红的云，我的灵魂随着这片云飘逸，把爱的花瓣撒满整个天空。

我却愿回到天空下的原野,让我们把挚爱的心埋进这片土地,尽情地接纳热烈的阳光和清新的雨水……

原载《人之初》1992年第2期

花之魂

在晨光熹微的时辰,在大地复苏的时刻,随着心灵的感应,我发现了一朵鲜花之魂。

那样美丽,那样皎洁。像一朵出水的芙蓉,像一段袅袅的乐曲。

和你相遇,仿佛已等了千年百年。你从唐诗宋词里走出,从古典的山水走出,默默的魂与我默然的眼睛对视。

我感到了圣洁的芳馨,感到了透明的晨露的可爱。我听到了梦幻的焰火在簌簌燃烧。

春天从这一刻君临。我无法不交出我深藏的魂与之呼应。在播种的季节,我种下一树红的希冀,绿的未来,金的收获。你的呼吸使我的理想更璀璨,你的抚爱使我的生命之叶更深绿。

虽然,我不能把握你飘逸的音韵,但你以天使一般的美轮美奂俘虏了世界。

面对你的温柔纯情美丽，我长久地失语，只有让一棵充满灵性和坚韧的树默默地生长与茂盛。

原载《星星·散文诗》2017年第10期、《茂名晚报》1999年5月14日，入选《广东散文诗选萃》（中国国际广播出版社2005年出版）

岩石缝中，有一棵松树

命运对它是多么不公平啊！

为什么，那么高大的山，那么辽阔的原野，竟没有它的一席之地？

但，它没有怨恨，没有哀叹。它在顽强地抗争、搏斗。把根扎得更深。

看，它终于长成了一棵参天大树，向群山、向河流、向人们，宣告它的存在，它的胜利。

哦，岩石缝中，有一棵松树⋯⋯

原载《岭南少年报》1988年9月2日

山　雨

一个初春的早晨,我在崎岖的山路上漫步,欣赏着大自然的美妙景象。

忽然,一阵山岚倏地刮了过来,接着,山雨从树梢、竹林间淅淅沥沥泻下,水珠子很快沾湿了我一身衣裳。

我猝不及防,头、脸都是水珠,东躲西藏,好不容易在一棵浓荫茂密的大榕树下藏身。

穿过透明的烟雨,我发现了一幅奇异的图景:

山雨催开了山花,打湿了鹧鸪的翅膀,树叶子拍着掌,热情地欢迎这春天的使者;竹笋更是喜不自胜,"嗖、嗖"地冲破大地的禁锢,拔地而起,锐不可当。

鸟儿的歌声、汩汩的溪水声,和着"沙沙沙"的雨声,奏起了美妙的春天乐章。

山雨中,我仿佛看见新绿在舒展,竹子在拔节,龟裂的土地被抚平,种子在萌芽、生长,向春姑娘倾诉衷肠……

呵,山雨!我能为自己被淋湿而怨恨你吗!

原载《茂名日报》1988年4月1日

夏日的风

夏日的风穿过湿湿的雨季,在热辣辣的日子里流连,与人世相聚。

夏日的风有荔枝的甜蜜,有谷粒的芬芳;有男人的刚劲与张力,又有少女的似水柔情。

徐缓,急速;飒飒,索索。拂过心灵的旷野,让人生获得阵阵的惬意;吹过青春的心湖,溅起一圈圈金色的涟漪。

让幼小的壮硕,使青涩的红艳香甜,令美丽的更灿烂迷人。

于是,我青春的画册,便有了更多彩的一页;我生命的原野,便有了更蓊郁苍翠的一片。

夏日的风,丝丝,都是大自然的呼吸;

缕缕,都牵扯着人间的情怀。

原载《清远报》1998年8月8日、《流派》诗刊2022年第1期

时　间

"嘀嘀嗒嗒"；

"嘀嘀嗒嗒"……

钟表的声音就是时间。

日出日落是时间。

春来冬去也是时间。

这都是看得见的时间。

究其实，时间是看不见摸不着但又实实在在存在着的东西。

人的生命长短以时间衡量。但人的生命有限而时间无限。时间可贵即生命可贵。一段时间即一段生命。

时间对任何人都十分公正无私。面对公正的时间，有人取得辉煌成就，有人碌碌无为。无为者就是因为他无视时间的存在，把时间当作可有可无的东西。

常听说要"追回失去的时间"。这不过是一种自我安慰。属于你的时间一旦失去是永追不回来的。

它不像逝水，靠人力和科技力量能使其倒流；

不像一件物品，失去还可找寻回来。

视时间为珍宝的人，时间必将给他丰厚的回报；

视时间为虚无的人，时间将给他以惩罚与嘲笑。

时间，"嘀嘀嗒嗒"似乎很慢很慢；

时间，如白驹过隙，很快很快，快如电光石火，稍纵即逝……

原载《清远日报》2000年1月3日

诗 人

另一种光芒。

灼灼地，舔破夜幕。

心的燃烧，感情的燃烧，照亮人们的目光。以思想的光焰，进入人们的灵魂。

征服愚顽，洞彻黑暗。美丽又朴实的外衣和内涵，使少年成熟，使老人年轻，使孱弱者坚强，使贫乏者丰富，使单调者多姿。

当然也有人鄙视你。

那是无知耻笑智者，是小草讥笑大树，是乌鸦讥笑凤凰。

你吹奏不息的江河，弹拨七彩的音符，催生永恒的绿叶，催绽一簇簇心灵的玫瑰。

有了你穿越时空的声音，我们的精神里便有了一种高贵的血液。

生命，于是步入了自由飞翔的青春世纪。

原载《星星·散文诗》2017年第10期

独　旅

人生是一次苦旅与独旅。

走过一百条羊肠小道，一千道沟坎，一万条坦途，蓦然发现，自己仍然走在崎岖的山路上。

走过一千个彩色的梦，一万个花的海洋，蓦然发现，自己仍在荆棘与鲜花的双重包围之中。

生命的脚步，默默跨越没有年代的荒原，走进文明之火烛照的田园。

在现实的风暴中，我感受着人性的暧昧。

在野性峰峦上，我触摸到理想的光芒。

人类的灵魂经过炼狱的磨难后，必将更加澄明与奔放。

地球的走向，是人类的走向。

山脉的延伸，是心灵的延伸。

凝视时光遗留的鳞片，生命之皮也仿佛在一层层地蜕去。

伊甸园的蛇，惊恐而仇恨地扫了我一眼，摇着尾巴藏匿得无影无踪。

但有无垠的大地，以厚实的泥土，支撑我的双脚，支撑我的头颅，支撑我没有霉变的灵魂。

独旅者不需要女神的召唤。因为他的目光曾被太阳点化。他举着信仰的火焰，哪怕所有的冰山都坍塌，所有的流星都坠沉，所有的海洋都焚干。

他必定能走出新的黑暗与荒蛮。

独旅者身前是坟墓与蒺藜，身后是露珠晶莹的劲草与鲜花。

原载《散文诗人报》2003年12月，入选《粤港散文诗精选》（大世界出版有限公司2003年出版）

黎明潮

一把长长的利剑，徐徐地将夜的大幕切开。

第一丝光明透了出来，接着，又一丝丝光明透了出来。

这光明是那么的淡，那么的曚昽，但这是实实在在的光明。虽然摸不到抓不着，但树叶感觉得到，花草感觉得到，我看见它们微微地摇动着，仿佛在迎接这个庄严的时辰，欢呼这虽然混沌却充满生机的时辰。

渐渐地，更多的光明迸射出来。这光明渐渐将每一丝黑暗覆盖、粉碎、淹没。

小鸟被光明的音流吵醒，叽叽喳喳、嘀嘀啾啾地亮开嗓门，参加到光明的大合唱中去，以至分不清哪是光的音符，哪是鸟的韵律。

甚至连雄鸡也引颈高歌，连玫瑰杜鹃也竞相开放，以最美的艳姿，迎接这伟大的妊娠。

一枚血红的火球，穿过迷雾，穿过云霞，从遥远的地平线边缘，从黛色的群山之巅，缓缓地冒了上来。这是黑夜的果实，这是梦想的果实，这是黑夜孕育的胎儿，那么鲜嫩、清纯、可爱。

黎明的大潮就这样波翻浪涌，势不可挡。

它使一切生命摆脱黑暗，从金色的呼唤中苏醒。

它使一切目光与心灵从光明的霞霓中受到启迪，受到刺激，感到惊喜。

它使一切阴谋与污秽的行为都不敢在黎明的广角镜中明目张胆地恣意妄为。

它使众鸟的翅膀可以自由飞翔，不必担忧撞上绝壁；它让一切骏马可以纵情，不必忧虑跌下悬崖；它让姑娘的笑容像霞光一样灿烂、一样甜美迷人；

它让绿叶这生命的旗帜更加亮丽亢奋；它让稻穗变成金色的诗行……

黎明，是一部乐章的序曲，精彩、美妙、丰富，具有无限的张力，无比的魅力，无穷的吸引力……

原载《长春晚报》2002 年 4 月 1 日

创造爱的世界

没有爱的世界,是沙漠般荒凉的世界。

我们不仅需要"家家和睦",更需要"人人相爱"。

我们的民族是真诚、礼貌、友好的民族。自古以来,尊老爱幼、扶危济困、互相帮助是我们民族的传统美德。

一位姑娘对心上人说:"你有多少家具、钱财,我都不在乎,只要有爱,这就够了。"

这是真正的男女之爱。

一位奋不顾身救人的青年对被救的老人说:"不用谢,这是我应该做的。"

这是崇高的同志之爱。

雷锋、欧阳海、张海迪等青年英雄把爱升华到一个崭新的高度,他们是懂得爱的真谛的人。

爱,就意味着贡献、给予、帮助、信任、真诚。它不带任何私欲。

一切贪婪、自私、猜疑、妒忌都与爱无缘,都是爱的仇敌。一切制造仇恨的人都将在恨中毁灭自己;而那些酿制春风春雨春阳的人,都将在爱的怀抱、爱的温暖中获得永生。

我们人人都需要得到爱,爱别人,更渴望别人的爱。

爱,将会美化每个人的灵魂,也会美化每个人的言行,它会使你变得更加美丽,更加高尚。

创造一个爱的世界,让我们人人相爱吧!

原载《韶关日报》1986年10月27日、《外来工》1995年第11期

与秋天一起成熟

与春天的风雨一道播种,与春天的芳草一起秀茂,与夏天的玫瑰一齐嫣红,与秋天的果实一起成熟……

我的心,在春天的阳光中编织彩色的童话。这童话是六角花瓣,花瓣上晶莹的珍珠,闪耀着太阳的七彩。

亲吻大地。大地是一片浸透血汗的土地,冒出一丝丝的热气。

仰首蓝天,蓝天闪过云彩和惊雷,掠过飞翔的金翅鸟。

前方,有无涯的小草,芊芊的秀,浓浓的绿,向洼地,向原野,向山冈,顽强地进军。

身后,是高大的常青树,树干结满了千千结,树枝蓬勃、苍劲,伸向阳光,迎着风雨。

听从远方那庄严的召唤,我沿着泥泞与崎岖的路,踏过荆棘与荒芜,走上新的制高点。

面对盛开在时间花朵上的泪滴，生命的潜流在动荡，我要用胸中灼热的血创造永不凋谢的诗的花朵，创造一片鲜活的希望与葱茏的生机。

土地在岁月中渐渐成熟，渐渐赤橙黄绿青蓝紫，田园、山坡、野地，到处是圆润、充实、深沉、饱满。时间，在这里凝成了芬芳的河流，凝集了多少亮丽的珍奇！

这是丰硕与充满诗意的季节。

这是收获与开拓创造的季节。

在岁月的激流中，我从春天出发，在秋天，与祖国的大地一起成熟。

呵，成熟——

金黄丰满的成熟；

秋色可餐的成熟；

充满喜悦、充满醉意、充满挑战、丰富而厚实的成熟。

成熟，不是生命的结束，而是生命的延续，生命的新的开始。

就这样，我们与春天，与土地一起成长，一起成熟，成熟在迷人的金秋，在旖旎的华夏，在历史的注目里……

原载《特区晚报》1995年11月17日、《现代企业报》1995年12月10日

无　声

星球无声。昼夜运行，或燃烧，或陨落，或粉身碎骨，或亿万斯年亘古不灭……它们的心事，它们的结局，都在无声中循环释放。

时间无声。将一个个鲜活的生命送到世界，又将他们一个个地催老，拔走。

果实无声。寂静中由小到大，由青涩到红润、金黄到甘甜，如果不被人采摘的话，最后是坠地，腐烂。

文字无声。一粒粒、一行行、一页页，组合起来，便是一个有声的世界，彩色的海洋。它们的穿透力、辐射力、持久力胜过物质的剑戟、枪弹。爱情无声。"随风潜入夜，润物细无声。"说出来的爱往往会是做作虚假。爱是心灵的感应，是目光的燃烧，是血液的涌动，是真情的奉献，是无畏的牺牲，是宽广的胸怀，是人间一切美好事物的源泉。

雪花落地无声。飘飘，洒洒，柔曼，轻灵，扑向广阔的大地，扑向敦厚的母亲。

此时无声胜有声。

一切尽在默默中。

从寂静到喧闹，从渺小到伟大，从无到有，从有到无，从苦涩到甜蜜，从无声到结束；从黑夜开始，到黎明结束，再从晨曦中起步……在无声中痛苦，在无声中欢乐。无声中，孕育着过去、现在与将来……

原载《西江日报》2016年3月19日、《农民日报》2018年7月18日

河边的草

河的胡须，长在长长的唇边。

汉朝的太阳，唐朝的月亮，流逝的，是死而复生的青春。

摇曳，是因为风。

弯腰，是为了雨。

被践踏的痛苦，被滋润的幸福，被霜冻的残忍，被春风爱抚的快意，都已被无数的岁月淘洗。剩下的，是水声，是涛声，是遥远的梦，一种不断凋残不断复苏的记忆。

枯萎，是生存的另一种方式。

泥土下，或许潜伏着春的爪牙，正集结着春的阵列。

河边的草，软弱、坚韧、温柔，默默地死，默默地生，幽幽地歌，悄悄地泣……

原载《散文诗》2016年第6期、《花厅》2019年第3期，入选《中国散文诗2019》（四川民族出版社2020年出版）

思想者

在这个夜晚。

在这个城市的一间房子里。

黑夜披着黑色的裙纱潇洒地降临。拒绝一切酒楼歌榭的诱惑,远避物质的骚扰,我走进了历史的隧道,一些永恒的人物与我相遇,一些闪光的思想与灵魂撞进了我的思想。

在孤独中我体验生命的存在,感知人的丰富的内涵。

我想起这个城市。这个城市不乏美丽幽深的公园,不乏豪华的游乐园、五光十色的歌舞厅和商品琳琅满目的商场。这里人头攒动,熙熙攘攘,但我说,这仅仅是这座城市的表象。而此刻,我们这个城市的作家诗人也许已开始在寂寞中沉默与思索。他们是思想者。思想的闪电在夜幕中迸发,智慧的岩浆在寂寞中喷涌,生命的灯火在孤独中燃烧。他们没有太多的财富,也许只有几个书橱,一张写字台。这是他们创造的空间。他们欢乐,为社会的一点一滴进步与环境的变好;他们痛苦,为一幕幕生活的悲剧;他们愤怒,为腐败,为各种鲜艳的毒瘤,为堂皇背后的无耻;他们激动,如同地火在地下燃烧。他们额头上的一道道深刻的皱纹,是真理跋涉过的刻痕。他们黑色的瞳仁,是夜色中熠熠闪光的一对珍珠……

我的思绪在楼宇交织的阴影中游荡。我与街上的行人进行超越时空的对话。男的，女的，老的，少的，漂亮的，丑陋的，贫穷的，富有的……我试图进入他们心中的神秘世界。那里有美丽的花朵，有鲜艳的罂粟，有激情与旋涡，有真诚与坦荡，有卑污与阴影，有的质朴的外表包蕴着高尚的心灵，有的衣着雍容华贵却令人可悲可怜——因为那是一具没有思想的躯壳。没有思想的生命，无异于没有灵魂！

夜渐深沉。

夜愈发显得奇谲、辽远、苍茫、沉雄、隐秘。

今夜，这个城市里没有苍郁的森林，没有朗朗明月、习习山风，没有虫唱蛙鸣，没有"迷花倚石忽已暝"的奇趣，但这里有思考的头颅，有亚里士多德、柏拉图、狄德罗、伏尔泰、卢梭的投影，更有马克思、列宁、毛泽东的思想光芒。这里的古文物充满民族历史的厚重感，这里的古建筑蕴含东方文化哲学的意味。那是过去时代深厚的文化与思想的折射。

思想是生命的灯塔，是航船的航标，是汽车的方向盘。

思想者的生命可能短暂，其思想却如常青树一样，永远苍翠。

思想者的思想必须立足坚实的大地，与人民群众同呼吸共命运，其思想方才有力量。

思想者拒绝私利，他们目光熠熠，放眼大众，面向未来。

思想者不惧痛苦打击，如伽利略、布鲁诺，如李大钊，笑对残酷毒刑，生命在痛苦中闪闪发光。

思想者的世界浩渺而丰富。梦幻疆场的驰骋，爱的心语，创造的意志……纵观千古，思接万载，横看八方，这一切，在他们的心田过滤，化炼成一颗颗真金。

思想使思想者痛苦与不安，但也使其成熟、丰硕、超越，焕发恒久的魅力。

夜，已酣然入睡了，而思想者的灵魂仍在躁动着，思想者的思想仍在醒着，思想者的血液在奔腾着，其翅膀在飞翔着……

原载《飞霞》文学杂志 1996 年第 3 期、《三峡晚报》2011 年 6 月 13 日

辑五 春华秋实

北江弄潮

涨潮了。

北江河在春风的感召下,在骚动,在苏醒,在呼啸。

一朵朵浪花,扑向岩石,扑向两岸。

涨潮的季节,激起多少弄潮儿扬帆远航的希望。

于是,一个个弄潮儿从东北、西北、西南、中原,从祖国的四面八方来到北江河畔的清远。

他们要来清远实现大展宏图、与清远人民共创伟业的抱负,他们要在这里再造人生的辉煌。

他们顶着寒风,搭起帐篷,在荒滩耸起脚手架,"咚咚"的叩击声,让地球聆听了他们奋进的足音。

他们冒着酷暑与烈日奋斗,让一滴滴汗水洒进田野,田野以黄色的丰硕回报他们。

一个个开发区、工业区,有多少个弄潮儿以双手谱写击浪的壮曲?崇山峻岭,有多少创业者用心血和汗水弹奏开拓的乐章?

盘石,一位质朴的农民,九曲岭上的活雷锋,以全心全意为人民服务的精神,以他的爱心与奉献,谱写了北江潮声中动人的片段。

陈凤霞，从富裕舒适的城市，来到被称为"寒极"的白湾，以她的青春与智慧，为山乡培育了一茬茬茁壮的新绿。凤霞，内心与外表一样美丽的凤霞，成了清远山区的"希望之星"。

还有许许多多的优秀共产党员、创业模范，有千千万万无名的普通劳动者、建设者，在这里拼搏奋斗。

是他们，使清远一天一个样；

是他们，使几百万人民逐渐挖掉穷根，走上了富裕的金光大道；

是他们，使"寒极"充满了阳光；

是他们，使"清远"这个名字越来越响亮，越来越吸引人，内涵越来越丰富。

呵，弄潮儿，一个激动人心的名字！

呵，弄潮儿，开拓奋进的象征！

"弄潮儿向涛头立，手把红旗旗不湿。"这是宋朝词人潘阆的名句，用在清远市的创业者身上是最恰当不过了。

他们昂首阔步，正迈向新的世纪。

看，浩浩北江，千帆竞发，百舸争流，弄潮儿正英姿焕发，在汹涌奔腾的潮声中，将航船驶向更灿烂的远方。

原载《清远报》1998年3月26日

清城赋

美哉，清城！壮哉，清城！

清城，粤北之重镇，岭南之名城，清远市之首府也。她地处珠三角之北，毗邻花都、三水、从化、清新与佛冈，辖三镇四街办。

清城，沧桑之城！秦称"洭江"，南越王名之"中宿"，隋称"清远"。岁月悠悠，历经兵灾火劫，洪水为患，凤凰哀鸣。划时代的1949，清城喜获新生；开新篇的1988，撤县立市，清城再放异彩。

清城之秀，物产之丰，叹为观止。北江如同玉带穿城而过，润泽岭南，奔向珠三角。飞霞山瑞彩萦绕，青峰耸立，万木葱茏，飞瀑流泉溅珠玉，钟灵毓秀胜仙境；珠联璧合儒释道，洞天福地天下闻。旖旎峡江，舟船不绝穿梭游客品赏丽景；新旧银盏，玉液暖滑洗尽疲乏健益身心。牛鱼嘴，生态公园古木参天青藤飞架；禾雀花，仙草奇葩迷人笑容点亮苍山。黄腾峡，激流飞越引来一批批勇士；北江河，龙舟竞渡喝彩声闹翻五月天；故乡里，老屋醇韵，尽显岭南乡土风情。广州后花园，花兜水库荡漾碧波，满园花果芬芳浓，亭台楼榭赛名苑，十里山水胜画廊。金鸡岩，仙宫幽深有金鸡报晓；马头山，雄壮骏马在嘶鸣奔腾。九厅十八井，古村寨犹见翰林非凡气势；老区石板村，思源园教人铭记先烈功勋。清城，物产丰盈之城。清远鸡，名列中国十大名鸡之首；乌鬃鹅，乃全国禽类之名优。

砂糖橘热销岭南,长青果受宠万家。清城,旅游城市、漂流之乡、龙舟之乡、特产之乡,实乃名不虚传!

　　清城文明,久矣远哉!众多文人墨客,留下绝代华章。大文豪苏东坡一句"天开清远峡,地转凝碧湾"千秋传诵;大作家袁子才[①]一篇《峡江寺飞泉亭记》震古烁今。清远道士、江总、沈佺期、邵谒、张九龄、韩愈、许浑、杨万里、海瑞、屈大均、汤显祖、王士禛……可谓群星璀璨,文光射斗,妙笔生花。及至当代,更是文脉蔚起,诗风浩荡,群贤毕至,佳作纷呈。出书发表之多,获奖影响之广,堪称空前。

　　清城,腾飞之城!改革开放春潮涌,百业俱兴热浪高。新世纪之初,"三化一园"战略[②],凤凰再造。于是乎,千帆竞发,百舸争流,盛世盛景,亘古未有。

　　工业,龙头高昂。毅力工业城、建材工业城、十里工业走廊、中国再生铜都、国家级再生资源基地……迅速崛起,棋布星罗,商贾云集,工人汇聚,产品漂洋。经济效益迅猛飙升,"排头兵"目标如期实现。教育强区,如火如荼,石角、源潭与龙塘一举通过"省教育强镇"验收,华侨中学创"国示"[③]如期达标;义务教育,莘莘学子雨后春笋;职校职院,高质人才成万上千。兴教,提升了清城人素质;重学,为清城腾飞奠厚基。更有社会主义新农村,铺开了一幅锦绣画卷:城镇化、楼房化、硬底化、花园化,小康村、文明村、卫生村……千年老村尽皆改颜换貌,世代农民上田当工人。

　　清城,中国宜居之城、华南休闲之都也。楼宇摩天,大道如网,四道长虹跨越北江,火车汽车驶上高速。商城繁华,公园流彩,华灯熠熠,花树成行。清远鸡、乌鬃鹅、北江鱼、擂茶粥……风味特产驰名中外,茶肆酒楼宾客盈门。影剧院、图书室、娱乐城、老干室、体育馆、文化广场……文化品牌日益夺目,书香雅意陶冶身心。真个是花园清城,福地清城,宝地清城,宜居清城,文明清城,和谐清城,腾飞清城。或曰:此景或许天上有,乐土当数新清城!

清城,粤西北之明珠,珠三角之桥堡,金色凤凰飞上高空,辉煌大业写进历史。登高览胜豪情壮,无限风光涌笔端。区区小文,以记其盛。正是:伟业新章正奋写,鸿篇巨制待后人。

注:

①袁子才:即清代著名诗人、散文家袁枚。其散文名篇《峡江寺飞泉亭记》长期选进人教版中学语文教材。

②"三化一园"战略:即清远市委市政府提出的"市场化、工业化、城市化和建设珠三角后花园"的发展战略。

③创"国示":即创国家级示范性高级中学。

原载《清远日报》,入选《乡土清城·清城区中学乡土教材》(人民文学出版社2008年出版)

连山民族中学赋

茅田莽莽，吉水汤汤。巍峨民中，恢宏气象。壮瑶子弟，高雅学堂。楼宇耸立，花木芬芳。园林格局，诗卷画廊。足球场绿茵如毯，教学楼书声琅琅。玉树临风勃勃英姿，青春俊彩熠熠闪光。图书馆里，学子遨游知海；科技馆中，俊彦放飞理想。东荷塘莲荷吐艳，清风扑面；西荷塘金鲤腾跃，中流击浪。美哉民中！思想铸魂生机蓬勃，文化立校大道朝阳！

炜炜民中，源远流长。岁月峥嵘，长歌激昂。筚路蓝缕，艰苦备尝。初名连中，太保首创；继迁永和，足音铿锵；再易吉田，文风浩荡。阳光春雨，凤鬐龙骧。英才辈出，栋梁茁壮。更喜卅年前，学府逢再造；尊师重教兮，蕙风拂绛帐。民中横空出世兮，凤凰涅槃翱翔。辛勤园丁德艺馨，芬芳桃李天下香。素质教育开新境，精神文明花绽放。人杰地灵兮逢盛世，教苑明星兮闪辉光。

盛矣哉，承前启后新民中！阔步新时代兮，扬帆奔远方。乘风破浪入佳境，壮志凌云奋攀登。春蚕吐丝，教师呕心沥血；群英改革，史诗动人酣畅；全面发展杏坛驰誉，立德树人乐曲悠扬。"和真"教育，同根至和，守正出新，天人和谐；五育并举，博知养德，融汇求真，校运隆昌。文化兴教，办学理念与时俱进；科学治校，亮丽花果满目琳琅。三师塘交融民族团结，四好厅彰显良好风尚。五彩堂铭记英才奋力给校史添彩，六艺廊镌刻师生同心为名校争光。踔厉奋发气如虹，勤勉刻苦铸辉煌。屡屡蟾宫折桂，年年捷报传扬。

壮哉，民中！伟哉，民中！同心逐梦，九旬黉宫青春焕发；民族复兴，千秋大业万马奔腾。赞我民中，爱我民中，塑人魂再造代代英杰，化春雨后浪奋推前浪。民中今日兮满眼春色，锦绣明天举万里风鹏！

本文已被刻在连山民族中学校园内的墙上。原载《茂名日报》2023年5月30日、《北部湾文学》2023年第4期

春天，播种的季节

大山抖落银装返老还童；小草喜滋滋地钻出地皮，那嫩黄的芽睁着好奇的眼睛，看着这充满生气的世界——

春天来了。播种的季节到来了。

声声春雷在催促：时间不早了。

我们，该给春天增添些什么呢？是无穷无尽的追悔、叹息，在春光里高谈阔论，或者是继续编织那虚无缥缈的梦幻？

不！这些都不属于我们这代青年。

没有耕耘，哪有收获？看，在那春风浩荡的原野上，无数年轻

的播种者在拓荒、播种了。他们播种春光，播种理想，播种爱情，播种希望，播种幸福，播种信念和力量……

我憧憬着秋天收获季节那硕果累累的景象，忍不住向那广阔的原野疾步走去……

呵，青年人，在这样充满希望的春天，去播种吧！

原载《韶关日报》1987年4月1日

敲响新世纪的晨钟

站在新世纪大门的晨钟前，我久久地沉思默想……

如同勇士愉快地告别倒毙的虎狼，如同太阳不再留恋黑夜，请别为那死去的过去叹息，愉快地欢送秦砖汉瓦吧！新的世界，敞开在我们面前！

站在昨天和明天之间，我想的是：我们这一代青年该怎样叩开新世纪的大门？

让新思想从蚕茧里跃出，让理想扬起风帆，让青春在改革的时代中闪光。这，就是结论。

新的时期，改革的鼓点急促又响亮，开拓的号子撩拨人心，创新的旋律，辐射我们每个青年的心灵……

是春笋，就要萌芽、拔节、生长；是钢铁就要淬火成材。

当然，前进中会有失败。但是，我们会把失败焊接起来，化作登山用的尼龙绳和金属梯。它会更加激发我们奋斗。我们坚信，我们获得更多的，将是成功的喜悦、胜利的欢笑。生活，就像那熠熠发光的钢轨，将留下我们大步向前的辙印，将留下我们呼啸前进的豪壮歌声。

前进吧，年轻的朋友，让我们举起开山大斧、铜钎铁锤，去叩响新世纪的晨钟，去迎接明朝那轮鲜红的朝暾！

原载《韶关日报》1986 年 9 月 10 日

青春畅想

我们是拔节有声的春笋般的青年，是喷薄而出的早霞般的青年，黄河给了我们母亲的血色，五岳给了我们刚劲挺拔的风骨。

金子一样闪光的年龄，碰上了金子一样闪光的时代。晨风，拂去了我们的梦魇；朝霞，点燃了我们创造的激情。我们拥有祖国辽阔的天空、无垠的原野与海洋，我们拥有人人羡慕的时间和朝阳般瑰丽迷人的青春。

我们是青年战士，用我们的热血与生命，把祖国天空的每一个黎明擦得明净澄澈；我们是青年工人，每一阵机器的轰鸣，都蹿起责任的效率，出产一件件优质的产品；我们是新一代的农民，向大地泼洒青蓝紫绿，用青春的脚步唤醒沉睡的原野，用青春的彩笔，抹掉贫穷、落后、愚昧的三原色……

也许是一个大学生（时代之骄子！），那就架起智慧的虹桥，去衔接星星、月亮与太阳，连接历史、现实与未来，向宇宙空间挺进；也许是一名教师，那就用辛勤的汗水，浇灌满园芬芳的桃李，锻造丰满坚韧的灵魂……

我们不满足现状，善于思考，勇于探索，把青春的风采亮在社会主义现代化事业的航标。我们喜欢登高，有探险的风格，有不怕失败的韧劲，跌倒，爬起，再跌倒，再爬起……我们用眼泪与鲜血的经纬，交织新的《青春进行曲》。我们尽全力地狂飙，轰击板结的土地，胶合每一粒裂变的细胞，疏通每一条淤积的河道，润滑每一架生锈的齿轮……

姹紫嫣红的春天来了，青春的太阳从地平线上升起来了。啊，青年朋友，投身到汹涌澎湃的改革与建设的大潮中去吧，把自己的青春、智慧与汗水砌进四化的大厦，用自己的情感、意志、行动去谱写青春的颂歌，让每一轮青春的太阳在我们不朽的伟大事业中辐射璀璨的光芒……

原载《北江青年》1995年总第5期、《粤北青年报》1996年5月8日

奋斗之歌

在静谧的校园里,在轰鸣的列车和工厂内,在彻夜不灭的灯光下……我仿佛听到了当代青年奏响的主旋律:奋斗!

黎明刚刚降临,就到处都可以听到琅琅书声;星星已经疲倦,下弦月也不知移向何方,而实验室里还有年轻科学工作者的身影……

生命的马达在高速运转,探索的翅膀在凌空飞翔,一双双聪颖的眼睛,一个个不眠之夜……奋斗之歌是那样激越、嘹亮。

在这支浩浩荡荡的奋进队伍中,张海迪无疑是跑在最前面的人。她半身瘫痪,却学会了多种外语,翻译了好几部外文著作,受到全国人民赞扬……这样的奋进青年真是数不胜数。无论是大中专院校,还是工矿农村,祖国的每一个角落都涌现出一批批有为青年、生活的强者。

壮丽的青春在燃烧,驾驶命运之舟,高唱奋斗之歌,开拓自己的人生道路,奋斗吧!朋友们,金色的彼岸已经在不远的前方……

原载《韶关日报》1986年10月27日

手中流出神奇的弦索

从你们的手中流出神奇的弦索，流出无声的旋律，流出缤纷的情思。

为了把遥远的相思拉近，为了亲切的问候不会中断，为了温馨的思念不会阻隔，你们顶风冒雨，踏霜雪，踩泥泞，顶酷暑，流热汗，洒心血，乘风破雾云中走，维护着那一根根宝贵的光缆，守卫着那一根根奇妙而敏锐的神经。你们把挚爱、热望，交给了光纤；把青春，把智慧，把心的歌交给了光波，从空中，从地下，不停歇地弹奏着默默的奉献之歌。

多少信息因你们得以沟通？

多少虹桥因你们得以连接？

多少希望的春风因你们得以传播？

多少阴霾因你们得以驱散？

多少爱的种子因你们而萌芽？

多少物质因你们得到神奇的裂变？

多少荒原因为你们而苏醒，而成为迷人的美景？

就这样，你们用真诚的爱架起光缆，用坚定的信念去点亮一个神奇的世界。细小的光纤，日日夜夜奔涌着你们无私的血液……

原载《清远报》1996年1月18日

一方沃土

时令进入初冬，但地处粤西北的清远大地仍然生机勃勃。山是那样的青，树是那样的绿，水是那样的秀，北江像一条巨龙，翻腾着，呼啸着，向着珠江、南海……一路奔涌，舒展着生命的灵性，抒发着生命的激情。

清远，广东面积最大的地级市，天地形胜，毓秀钟灵。叠嶂层峦，起伏丘陵，名山巍峨，雄关耸峙，古塔林立，古道苍茫。广东第一峰俯瞰岭南，连州地下河灿若仙境，飞霞山云蒸霞蔚，鹰扬关扼粤桂咽喉，真阳峡则自古是"两粤孔道，南北门户"，英石生辉，名列全国四大名石之一；温泉水滑，洗尽疲惫凡尘。峡谷飞瀑，云海烟波，到处是斑斓古迹，到处有神话传说。壮乡瑶寨，歌堂长鼓，牛号震天，风情浓郁，蔚为壮观。

清远自古是一块文学的热土。文化底蕴深厚，文学传统源远流长，可谓诗书传承，文明昌盛。唐代大文豪韩愈在阳山任县令，刘禹锡在连州当刺史，留下了篇篇杰作华章，开一代岭南文风。张九龄、孟宾于、苏东坡、杨万里、黄庭坚、米芾、文天祥、汤显祖、张栻、海瑞、屈大均、袁枚、翁方纲……一代代名士大家在此耕耘风雅，流风遗韵，绵延千年。及至当代，更是名家云集，秦牧、陈残云、陶铸、杨羽仪、韦丘、郑江萍、欧阳翎乃至当红的贾平凹、刘醒龙……都留下佳诗美文。

　　清远这方灵泉热土滋养着独特的一群人。他们被"文化的点金棒点触一下"，就苏醒了。他们是被浩浩荡荡、一泻千里的北江唤醒的，是被暖融融的南风吹醒的。"春天的雨水哗哗倾落之时，肥沃的土地立刻从内心做出回应"（泰戈尔语）。于是，他们垦荒，炼土，播种，耕耘；他们置身激流，搏风击浪，驶向希望之岸；他们栽下一棵棵树木，一片片花草，自成一片花繁果硕的壮美风景：春来，一片嫣红姹紫；夏至，满目郁郁葱葱；秋临，遍野金黄芬芳。他们将土地、生命、民情、风俗熔铸笔端；他们以激情、理智、理想点化心灵，提升人性的境界；他们在求索中磨砺，在坚守中创新；他们在逐梦、筑梦、圆梦的艰辛征途中成熟、精彩。他们也许成不了中国文学辉煌大厦的梁柱，但成为其中的一块砖、一片瓦乃至一粒沙石却完全可能。他们种下的绝非每一棵都成为参天大树，都结出累累硕果，但为大地添一点绿意，输送几缕绿韵则完全不必置疑。

　　他们自知自身的缺陷与软肋，他们会更深入地体验、贴近，以更广阔的胸怀接纳吸收古今中外的文化精髓，更艺术、更独特地表达，更深刻地书写。

　　文化是民族之根，文学则是民族之魂。

　　丰美肥沃的这方水土曾经孕育出一方奇异的风景，新一季的红紫芳菲当指日可期。

原载《作品》2015 年第 1 期

"九七"啊"九七"……

近了,近了,1997年7月1日就要来临了,香港回归,一个举世瞩目的伟大历史性时刻,已经吐出曙光了。

面对此情此景,亿万中国人的心是多么兴奋,多么向往啊!

一百多年前,恶魔导演了第一场鸦片战争,船坚炮利的海狼汹汹而来,张牙舞爪,种植毒花,腐败无能的清政府卑躬屈膝,被迫向英国割地赔款,签下了一个不平等条约,香港——祖国母亲的女儿就这样被英帝国强行夺去。从1842到1997,漫漫长夜,母亲多么盼望女儿的回来,呼唤着女儿的回来,女儿又多么盼望回到母亲的怀抱啊!

1949年10月1日,中华人民共和国成立了,毛泽东同志庄严宣告:中国人民从此站起来了!正义的旗帜,胜利的旗帜,早就在神州大地飘扬。从那时到现在,四十多年过去,新中国日益强盛。"清清的东江水,日夜向南流",从60年代起,东江甜水就日夜流进香港民众的心田,这是香港民众的生命之水啊!在"一国两制"的方针指引下,南北最长的动脉——"大京九"早已于1996年通车,维多利亚港的海水不停骚动,似在呼唤回归;港岛的紫荆花也日渐璀璨。香港,终于就要回到祖国怀抱了。这是一百年屈辱史的最后终结,是香港辉煌史诗的开始。当看到五星红旗扫去昨夜的阴霾,当听到震撼人心的"中华之声"的敲响,当看到亿万张充满自豪感的笑脸,中华儿女能不心潮澎湃吗?

近了,近了,民族团圆的梦快实现了。香港回归,那普天同庆的大喜日子,那神圣的伟大日子。这是一个历史命运的转折,是香港一个新纪元的诞生。一颗璀璨明珠,牵动多少炎黄子孙的心扉;一个被强盗掳去的女儿,令多少同胞望眼欲穿。

抬起头来,"九七"啊"九七",那回归的日子,那时间老人的脚步一天天临近的日子,那英国的米字旗就要降下去了,那鲜艳的五星红旗和紫荆花旗就要在香港升起来了,《英皇制诰》将被丢进历史的垃圾堆,中国政府就要恢复对香港行使主权了,让历史铭记这一天吧:1997年7月1日……

原载《清远报》1997年5月19日

辑六 童心不老

草 莓

三月，草莓红了。在山坡上，在小溪旁，在田埂边，像一盏盏红灯笼，像一颗颗小太阳，闪着诱人的光。

摘草莓去！

我和小伙伴们挎上小背篓与小竹篮，向山坡、小溪、田野出发。

披一身暖融融的阳光，迎着暖融融的春风，跨过脚步匆匆，在唱歌，又像在嬉闹，像跳舞，又像在欢笑、在絮语的小溪，哦，我们终于见到草莓。

红艳艳的，如五月的杨梅。

水灵灵的，如草丛绿叶中的眼睛。

扑闪闪的，如燃烧的红玛瑙。

有的，还凝着露珠，露珠，映着七色的太阳。

有的，藏在叶子下面，像羞答答的小姑娘。

我看见，一只蜻蜓在草莓丛上边盘旋，几只蜜蜂嗡嗡一阵之后，也立在草莓间，将嘴伸向草莓。

一只斑鸠飞临草莓丛，衔着一颗红草莓，又拍拍翅膀，飞走了。

可爱的草莓，不只我们这些山孩子喜欢，小鸟儿、蜜蜂、蜻蜓也喜欢。

我们也像鸟儿一样，飞进山坡、小溪边的草莓丛，一颗颗地采摘。

不一会儿，小建的小竹篓满了，小强和我的小竹篮也满了。

一颗颗甜蜜的草莓，在竹篓与竹篮内相遇。

它们一定有很多的故事、很多心里话在背篓里讲述倾诉哩。

关于草莓，我们也有不少故事。那一年，四月，妹妹哭着吵着要吃枇杷，可是，我看那一棵棵枇杷，早被我们这些野小子摘光了。妈妈说："你等等，我去给你摘果。"妈妈转身出门，不大一会工夫，就回来了，双手捧着一捧红艳艳的草莓。妹妹于是破涕为笑……

我的小伙伴们交换着各自摘的草莓。圆鼓鼓、胀满红汁液的，结实如尚未绽放的蓓蕾的，甜得如蜜进口就融化了……

这真是草莓的盛宴，春天的盛宴，大自然的盛宴。"别吃了，留着送给爸爸妈妈吃吧！"小强提议。"不！还应送给老师。"小建说。"好！"我们都表示赞成。

于是，我们向学校走去，将这些散发着香甜清新的大山气息的草莓，送给了小学里的老师、同学。

我看见，背篓中的一颗颗红草莓都笑了，笑得那么纯朴、甜蜜，仿佛它们都明白了我们的说话，我们的心愿。

红草莓，你这大山的精灵哟……

原载《人民日报》2013 年 6 月 1 日

番瓜花

长长的瓜藤，阔大的叶片，在房前屋后疯狂地长。

夏日的一天，不知不觉，绿绿的瓜苗中，长长的花茎托出了一朵金色的火焰。

过了几天，又开了几朵，灿灿地笑着，正和"嗡嗡"的蜜蜂亲吻哩。番瓜花的花瓣中间，都长着一根长长的黄芯，真像一根黄蜡烛。

瞧，这一朵的花蒂下，藏着一个小苹果般大的小番瓜；看，那边的那朵凋谢了，一只扁椭圆的小番瓜仿佛一夜间就长大了一圈。妈妈说："注意，有小番瓜的花不能摘。"我知道，小番瓜会长成大番瓜，煮熟吃，又甜又香。妈妈用它做成番瓜糍、番瓜饼、番瓜粥。番瓜的子晒干炒熟可香脆啦。爷爷说，许多年前，它曾救过爷爷的命哩。

番瓜花并不娇嫩。没有人把它拿去当装饰，但它确实装点着我们的房前屋后、菜地村庄。

番瓜花开啦，一簇簇金色的火把，将寂静的村庄燃烧得多么迷人、热闹啊！

原载《蒲公英》2008第2期，入选《2008中国年度散文诗》（漓江出版社2009年出版）、《中国纯美儿童文学读本（美绘散文卷）》

（吉林摄影出版社 2010 年出版），又入选中国儿童诗集丛书《中国纯美儿童散文诗选》（漓江出版社 2022 年出版）

希望小学

  崇山峻岭的狭缝间，忽地站起了一所钢筋水泥铸就的希望小学。宽敞的课室，透明的窗玻璃，乌黑发亮的黑板，黑板边的电视机……哦，还有我们，几十双炯炯有神的眼睛，正闪动着青春的光。

  我们的琅琅书声，窗外的花蕾听了，高兴得绽开了花瓣；我们的悠扬歌声，窗外枫树林上的鸟儿听了，兴奋地扇动着翅膀，唱着它们的歌应和。每天每天，老师都在用心血与智慧哺育我们成长；每天每天，我们都向国旗致敬，仰望它在晨风与国歌声中冉冉升起，升得比大树、比楼顶还高。偶尔还会有山羊、松鼠、红狐来看热闹，它们会向我们瞪大眼、注目，做鬼脸。我们写字、作文、画画，我们做操、做游戏、野炊……我们的欢乐像飞跃的山溪，我们的沉思像一条条叶脉，我们的生命像挺拔的小树，我们的理想像山峦上空的鹰，向着远方飞翔。

  因穷辍学的小柱子、小强返学了，小莲多病的妈妈眉头舒展了，同学们再不用为摇摇欲坠的校舍提心吊胆了。如今的学校，大风刮不倒，暴雨摧不垮，冰雪冻不坏……

这就是凝结了多少好心人心血的希望小学。她埋下的是希望的基石，种下的是希望的树苗，播撒的是希望的阳光，吹拂的是希望的春风。这春风，这阳光，是彩色的，像我们的心情，我们的生命，我们的未来……

原载《蒲公英》2008年第2期、《防城港日报》2022年10月1日、《北部湾文学》2023年第4期，入选《2008中国年度散文诗》（漓江出版社2009年出版）、《中国纯美儿童文学读本（美绘散文卷）》（吉林摄影出版社2010年出版）

我和爸爸进城

告别苍翠的大山，告别会弹琴的小溪，告别会唱歌的山雀，告别五颜六色的花朵，告别芬芳的果园，告别黄泥小屋，告别妈妈依恋的目光，我和爸爸进城去。

爸爸成了一名农民工，而我，则成了一名农民工的儿子。

爸爸在城里不种庄稼，他种植的是一座座水泥森林。这森林可高啦，高得站在它的头顶，就能摘到云彩、星星与月亮。

与他相伴的，不再是犁、耙、锄头、绿油油的庄稼和金灿灿的稻谷，而是高耸入云而危险的脚手架，是轰隆隆响个不停、吞沙吐石的搅拌机，是灰色的混凝土和低矮的工棚。

城里人叫爸爸为"农民工""外来工""打工仔""乡下人"，爸爸没有自卑，没有难过，而是自豪地说："是我们农民工的手，使这座城市长高了、长大了，变得漂亮了。是我们农民工，才使许许多多人家有了宽敞明亮舒适的住房，才使许许多多孩子有了美丽的校园、高大的教室。"

有人说，农民工可辛苦啦。可不，爸爸和他的工友们冬天战严寒风雪，夏天斗酷暑烈日。冬天，寒风吹裂了他的唇和手；夏日，太阳晒黑了他的脸。常常是一身泥水一身汗。但从未见他嘴中蹦出一个"苦"字，一个"累"字。

爸爸白天当工人，夜晚又当起学生。他上业大，学电脑，攻读建筑学，学习《劳动法》《工会法》，知识的甘泉淙淙流进了他的大脑。不知不觉间，爸爸年轻了，文雅了，有内涵了，还被选上了市人大代表啰，我回家把这一喜讯告诉妈妈，可把妈妈乐坏了，抱着我转了好几圈哪！妈妈又把这一消息告诉了村里的乡亲，山村沸腾了，大家都为爸爸而高兴与光荣！

我跟爸爸来到这座城市，在市里一所新建的小学读书。课室虽然简陋，但老师与同学们的目光都很温暖，老师在我的心田播种知识、理想与希望，同学们给我友爱的阳光和欢乐的春风。同学中也有农民工子女：小刚、小成、小红、小威、小薇……他们的笑容一样灿烂，他们的歌声同样动人，他们的心一样真纯，他们的成绩不比城里的孩子差。他们自豪地说："我的爸爸是农民工！"学年末，我和小刚、小成评上"三好学生",我们骄傲地说:"我们是农民工的儿子!"

啊,农民工,一个多么铿锵的名字!一个多么亲切的名字!

我和爸爸进城去,我和新校园的小树一起拔节。爸爸和他的工友们在改变着自己的命运,也在改变着这个城市的今天与明天。

哦,原来,城市和乡村的笑脸同样可爱,乡村和城市的晨曦一样迷人……

原载《清远日报》,被选入《中国纯美儿童文学读本(美绘散文卷)》(吉林摄影出版社2010年出版)

山　月

山月儿快要出来了。

"沙沙、沙沙"的声音,不就是月的脚步声吗?我和小东,在山脚下的木屋旁,翘首东方,静听月的出生。

哦,出来啦!你看,山尖上,那圆圆的、亮亮的她,正微笑地看着我们哪。

这时,青山、树木、楠竹,还有小溪、木屋,都被月光洗浴得银白银白。

月儿渐渐向我们走近。

家里的小狗,闻到月的芬芳,忍不住跑出来,兴奋得这里舔舔,那边蹿蹿,然后蹲在我们身边,静静地晒月亮。

身边的小溪,看到月光,摇身一变,将绿绸缎变成银绸缎,唱着山歌飘呀飘地,飘向遥远的山外。

树上的鸟儿,本已入梦,忽然被月光晒醒了,叽叽叽,喳喳喳,唱着只有鸟儿们才能听懂的歌。不一会儿,其他各种鸟儿也亢奋起来,"咯咯、咯咯——""咕咕、咕咕——""啾啾、啾啾——"地唱着,唱着,山林顿时成了一个大歌台,可热闹啦。

月色笼罩着村前的那片果林,龙眼、荔枝、鸭梨、山竹、香蕉……果香混着月香,清甜清甜,我似看到果在一点点地成熟。月色朦胧着山花,山花醉了,在梦境里悄悄地绽开了笑容。我们走到村口那棵大榕树下,哟,只见地上撒着斑斑点点的碎银,我和小东弯腰欲捡,可一片也捡不起来。抬头看山月,山月笑,我们也笑了。我明白了,这月光是大伙共同拥有的,谁也不能据为己有。

看哪,前面那片稻田,快成熟的稻穗在起舞哩,波浪似的,一波一波往前涌去,又一波一波地往脚下涌来。它们是在为山月而舞吗?是在为浸润着月光的山风而舞吗?

山峦上浮起一层薄雾,那一定是月光编织的轻纱,飘飘忽忽,仿佛是一群仙女在轻柔地飘舞。莫非天庭的仙女也来到了我们的大尖山?

山月越升越高,山月浸着山村的梦。山娃的梦,妈妈的梦,也一定会像山月一样朦胧，山月一样甜美，山月一样深邃迷人吧……

原载《江南时报》2022年9月13日、《少男少女》2023年第1期，入选中国儿童诗集《中国纯美儿童散文诗选》（漓江出版社2022年出版）、《中国年度优秀散文诗·2022卷》（新华出版社2023年出版）

鲜花簇拥的校路

从我们村子到民族小学，是一条绿树掩映、鲜花簇拥的小路。

路的两旁，长着杜鹃、山茶、玫瑰、蒲公英、金樱子、日日鲜、月月红……一年四季，你开它谢，它开你谢。

每天挎着书包上学，各种鲜花便向我们绽开笑脸，欢迎我们迈向欢乐的校园。

牵牛花伸长脖子，在向我们招呼："小朋友，你早！"

喇叭花张大嘴巴，似在向我倾诉，它想了一夜的心事。

野菊花虽不娇艳，但在默默地吐着芬芳。

金银花泛金吐银，花朵虽细，却是生命的卫士；美人蕉高挑俊秀，像一支红色画笔伸向天空；杜鹃花如火似霞，烧红了早晨……

走在花径，不时会见到一片片花瓣撒在路旁和路中央，我有时会把它们捡起，放到鼻子边品一品，闻一闻，呵！真香！

同村的小莎妹佳妮与冬萍，爱摘上一朵山茶或刺玫，插在头发上，使本来就漂亮的她们更加漂亮了。

蝴蝶来了，是追着我们来的。一只只，一对对，一群群，在花丛中飞来飞去；蜜蜂来了，唱着"嗡嗡嗡"的歌，在花丛中辛勤地采蜜。

每天早晨，我们带着爸爸的嘱托、妈妈的叮咛，走过花径，走进校园，同学们在教室里吮吸知识的雨露甘霖，让老师们用爱的春风抚育我们成长。

每天傍晚，我们带着老师的鼓励，带着新知识、新历练、新收获和新喜悦离开校园，穿过花径，走回家去。各色花朵在向我们注目、欢迎，仿佛说："哟，这些学生哥学生姐又长高啦！瞧他们的笑脸，那么自豪，那么甜蜜，一定是又受了老师的表扬，又被评上了三好学生、优秀少先队员，或者考试又得了一百分吧！"

花路也有令人心痛的时候。有时一场狂风暴雨会把花朵打得七零八落，但过些日子，它们又会抖擞精神，接二连三献出自己的美丽与芬芳。暴雨过后，花径常常变成泥泞小路，同学们走得鞋底、鞋面、鞋沿都是泥泞，裤子溅得满是泥花。

后来，村里在上级政府的支持下，将这条路修成了平坦坚硬的水泥路。这下可好，同学们走路再也不用担心雨水与烂泥啦。

村里的叔伯阿姨们还在花径旁边，种了一片片桃树、梅树、荔枝、杨树、核桃、橘子、龙眼、银杏，开花时节，如霞似雪，更加美丽、迷人、壮观。我们在花径中行走，简直像在一个花园里散步，心里也如花儿一样绽放、燃烧。

走在鲜花簇拥的路，我们一天天拔节成长；在鲜花的迎送中，我们一天天丰硕、成熟。

终于，我们要毕业了。六年的小学生涯将要画上句号，可我们多么想继续天天走在这朝夕相见、携手同行、与花做伴的路上呀！是的，谁能忘记呢？这条鲜花簇拥的路，这条铺满阳光、笑声、歌声，洒满七彩花瓣的路……

原载《北海晚报》2007年4月30日、《蒲公英》2008年第1期

鸟　蛋

静静地。

等待那伟大的瞬间。

光洁的壳，藏着金色的羽翼、彩色的云朵、瓦蓝的天空、透明的情愫。

藏着心。稚嫩，但会成熟的心。纯洁的心。

贮藏着歌声，清脆动人的韵律，让大森林兴奋，让夜色稀薄，让晨光更弥漫，让星辰更璀璨，让大山更幽深，让树叶更多汁。

黑暗是暂时的。黑暗也能使你逐渐成熟，最后破壳而出。你将发现一个美丽的世界，世界将给你一个惊喜。

贮藏着投枪。无比锋利，多么坚硬麻木的帷幕，都抵不住那一点点的尖锐。

静静的鸟蛋，贮着一个躁动的世界。这世界将因它而多姿。

原载《长春晚报》2005年8月16日，入选《2005中国年度散文诗》（漓江出版社2006年出版）

布　鞋

冬日里的两条小船，载着我的童年，驶出一个又一个冰凉的冬季之河。

软软的，暖暖的，质朴得能感受到大地的热气，闻到母亲的手温。

密密的针线，细细的纹路，密实的一层层鞋底，使我明白了扎实的人生必须从足下开始。

穿着这土得掉渣的布鞋，我踩醒了求学的路，踏响坚韧不拔的意志。长长的山路，留下了布鞋的吻痕，穿着布鞋，我走过蜿蜒的田埂，迈过一道又一道坎坷，走过绿树掩映的山道和飘忽的阴影。

我愧对布鞋，因为我曾长久地忘掉它的温暖。

梦中,我穿起布鞋,让它载我泅渡新的冬天,迈过新的坎坷,走进新境界。

原载《长春晚报》2002年2月17日、《北海日报》2002年2月12日

故乡的山楂

白色的花,献给春天。

漫山的白,遍野的白,在绿色的群山中,显得多么素雅、圣洁,像一束束白色的火焰,告诉春天,它们也许不太鲜艳,但世界却因它们而更多彩斑斓。

红色的果,献给秋天。

一串串,一簇簇,如红色的火焰,将大山烧得热烈温暖。

酸涩的果,将希望点燃。

在我们的刀下,它们将变成一瓣一瓣的,风干成城里人的美味佳果,成了送礼的佳品、治病的良方。

山楂是我遥远的梦,滋养我寂寞的童年,营养我欢乐的少年。

白色的花,依然那么诱人;

红色的果,仍旧那么酸甜。

白色与红色,都是故乡的笑容,是故乡献给生活的多情甜美甚至有点酸涩的歌。

原载《沿海时报》2002 年 5 月 9 日、《北海日报》2002 年 2 月 12 日

墨　镜

有一天,我拿着两块钱,去街上买了一副墨镜,戴在脸上,在路上神气地大摇大摆地走着。

不好!太阳怎么变成了一颗浑浊的篮球?世界怎么变成了浑茫的一片,早上怎么变成了黄昏……

宇宙啊,这难道就是你吗?那鲜嫩的绿叶呢?那澄澈碧蓝的天空呢?那五颜六色的缤纷花朵呢?

它们似乎和我的童话一块儿丢失了。

我恐慌地回去寻找。

"啪"一声,我重重地摔在地上,墨镜的腿被摔断了。

哈!没了墨镜,我却看清了七彩的现实世界。

原载广东省作家协会《少年文艺报》1985 年 12 月 15 日

卖杨梅的小莎妹

她，提着一筐子山杨梅，羞怯怯地蹲在圩场的一个角落，脸带几分腼腆、几分纯真，默默地接受阳光的爱抚、亲吻。

这筐山杨梅黑里透红，鲜红欲滴，那是她在大山上一粒一粒摘下来的呀。爸爸病了，她想用这筐杨梅换钱给爸爸抓药治病；她还想去书店买两本科幻书，买本连环画，买两本作业本……

哦，这筐山杨梅凝聚了她多少斑斓的构思，泛出了她求知的欲望，充满了对未来的向往……

忽然，来了一个同学，在她跟前看了一会儿，问了几句，走了；

不一会儿，又来了一个同学，问了几句，也走了；

又过了一会儿，又来了一群小朋友，多数她不认识，叽叽喳喳地，将她的这筐杨梅全买走了，给的钱超过这筐杨梅的价值几倍。

小莎妹哭了，满脸泪花。

小莎妹笑了，哦，她从没感觉世界是如此美好。是呀，生活有酸辣苦涩，也有香甜；岁月有严峻沉重，也有微笑、温暖与甜甜的爱。

天幕很蓝、很亮，小莎妹的笑脸也很甜、很香……

原载《岭南少年报》1987年12月4日

眼　睛

黄昏，小军与妈妈坐在小河边，注视满天的彩霞。

"妈妈快看，狮子出来啦。"

妈妈赶紧往天上看。

"妈妈你看，狮子变成牛啦。哎呀，两头牛在打架哪。"

"孩子，哪里是牛，那是云。"

儿子似乎没听见妈妈的话，站起来，又叫道："不好！那头牛掉进火海，被烧死啦。""快看，猴子，猴子，金龙！黑熊……"

妈妈惊异，觉得自己的眼睛不够用，思维赶不上儿子，脑袋瓜比不上儿子敏捷。她望望千姿百态、变幻无穷的云霞，不禁注视起儿子的眼睛——

啊，这双眼睛，两颗黑瞳仁，不就是两口深井吗？这是童真的井、智慧的井、可爱的井，井水里装着无数彩色的童话……

原载《岭南少年报》1987年12月4日

辑七 生态诗情

心中的绿地

　　心中的绿地,铺展着永远的春色。

　　在阳光的爱抚和雨水的滋润下,我心中的绿地一片葱茏的生机与希望。她绿得茁壮,绿得秀茂,绿得迷人,绿得娇柔,绿得奔放。

　　在春风里舞蹈,优美地、欢乐地、芊芊地,充满性灵——这是我的绿地里那些可爱的绿色生命,在大自然的感召下,在抒发她们喜悦的情怀。

　　我心中的绿地是一尘不染的。只要有雨露,她就会绿得透明、纯净,如诗似画,闪着碧绿的光芒。

　　她那绿色的潮声,是一种任何力量都无法遏止的心声。

　　她那绿色的歌韵,是世间最动听的韵律。

　　她绿色的旗帜,是大自然永恒的主题。

　　她绿色的芬芳,是生命最重要的营养。

　　当我想起那片绿地,便有一团旺盛的绿色火焰在心中燃烧。

　　那无边无际的绿,在绚丽的朝霞里,燃烧成壮丽烂漫的诗意……

原载《海口晚报》1998 年 10 月 19 日

森林畅想

森林是飞禽走兽的母亲，也是我们人类的母亲。

旧石器时代的人类，曾长久地在她的怀抱中生息、繁衍。没有她的庇荫，幼年期的人类怎能抗拒那漫天风雪，怎样度过那酷暑炎阳？

瀑布溪流是森林的儿女，她们欢蹦乱跳着，穿沟过谷，用生命滋养花草树木，滋养人类。它们汇成条条江河。逐水而居的人类，在江河溪流边建起楼房、村寨、城镇。

有了清幽深邃的森林，人类才有清新宜人的呼吸，生命才得以蓬勃生长。世世代代，无穷无尽。

有了苍莽的森林，我们才能抗击风沙洪涝的肆虐。风暴来临，是森林手挽手、肩并肩，挺胸抵御那暴戾的猖狂侵袭。

森林是艺术家的灵感之源。每一座森林都是一幅闪亮的油画、泼墨的山水画。走进大森林，挺拔的松树，高高的云杉，葳蕤的银杏、水松、桫椤、粗榧、楠木、麻楝、喜树以及榕、樟、枫、刺梨……还有短尾猴、大灵猫、野猪、赤鹿、野兔、竹鸡、华南虎、金钱豹、水鹿、鬣羚、水獭、小灵猫、穿山甲、蓝翅八色鸫、孔雀雉、金鸡、白鹇、杜鹃、画眉……真是珍禽走兽们的乐园。

一声鸟鸣遮天蔽日地落下来，绿叶便扬起一阵清风，沁人心脾。

大森林是童话、寓言创作的灵感之源。无数童话、寓言的主角都是森林中的动物，森林是它们的家，是它们出没、游乐乃至争斗、表演的舞台。

　　大森林是地球之肺。每天都在洗涤被"文明"的灰尘呛得憋闷的腑脏。没有它，地球将日渐残破、枯萎；没有它，人类将在混沌的雾霾笼罩下生活、挣扎。

　　森林是人类的未来，森林是人类的希望。

　　森林是一部交响乐，百鸟鸣奏，风的竖琴，泉的音韵，多么曼妙、动人。林涛响起，又是那么的雄壮、激荡人心。

　　森林又有一种神性，泡在展碧披翠、舒风怡雨的森林里，会让你心神安闲、宁静悠然。

　　大森林，生长梦幻、诗意与诱惑的地方。每一天，都有希望的春潮在鼓荡。每一晚，都有七彩仙境在延伸。

　　浓碧的翎羽，升高了我腾飞的灵魂。

原载《清远日报》2022年8月31日、《吉林日报》2023年2月11日

沙漠奇观

——写给易志坚、牛玉琴、石光银和无数沙漠中的种绿者们

漫漫的戈壁沙漠,深渊一样吞噬着绿色生命,千万年的历史记载的是一页页荒凉。

不知从哪天开始,一群群种绿者在它身上蠕动。

他们背负烈日,弓着腰,挥锄,固沙,固碳,将沙子变成泥土,让沙漠土壤化,在坚硬的泥土上,种下一株株树苗,一排排绿草,一棵棵庄稼,一排排果蔬。

他们让植物扎根,让绿色顽强地生长,覆盖裸露的身躯。

他们让春天在戈壁沙漠落户,让壮美的绿结束荒凉、干渴的历史,让连绵不绝的绿洲闪亮地崛起。

千姿万态的果树,怒放缤纷的花朵,累累压枝的硕果,撑小伞的蘑菇,它们以美的姿态,惊艳了这片土地……

于是出现了蛙鸣的欢声;

接着,花朵笑出了彩蝶,起舞翩翩;

继而出现了獾、狐狸、藏羚羊、松鼠、野狼、野兔、麻雀、蝉……生命的精灵纷纷在这里出没、露脸、登场。

绝迹的鸟儿吱啾声不绝于耳,它们恋上这里,在这儿安居,生儿育女……

炎热、干旱的戈壁沙漠变成一个水草丰茂、绿海如浪、花繁果硕、异彩纷呈的世界。

春天苏醒，春天在这里生根、开花、铺展，且不会凋谢。

原载《清远日报》2022 年 8 月 31 日、《吉林日报》2023 年 2 月 11 日

潭岭天湖

长在天上的湖……

被大山的胸膛环抱着。

碧波灿烂，像群山之间的一块绿翡翠。

湖畔，茂林葱郁，秀竹挺拔，山花烂漫。野鹿在这里吮饮泉浆，苍鹰在这里沐浴，野鸭在这里梳洗羽毛。

湖中的岛，仿若又一个世外蓬莱仙境。

心中的湖，湖中的山，难分彼此。

倒映湖中的云、雾、山峰、花树，与湖融为一体，为她增添了不少内涵与妩媚。

纯净的绿，凝碧的绿，诱人的绿，将太阳染成一颗绿日，将我的心、无数人的心泡绿。

微风荡漾，一圈圈的涟漪似天湖在微笑，好一个迷人的大酒窝。

这是她发自内心的笑，是山风、绿树、日影、花魂与湖心和谐共振泛起的笑。

拥有这样的湖，生命便如诗般美丽。

原载《广西日报》2023年6月9日

捡到一根鸟的羽毛

捡到一根鸟的羽毛。一根彩色的羽毛。我抚摸它，倾听它，阅读它。

我听到了它主人的啼鸣，我触到了它的心跳，它主人血管的血依然在涌动；它主人的歌声，依然亮丽。

那来自天籁的流韵，那穿越阳光的雄姿，那踩着云彩的舞影……都被一声罪恶的枪响结束了，被一阵雷火毁灭，被一阵风暴撕碎。

在委顿的日子里，鸟儿凋谢了一根羽毛；在岁月的森林里，凋落了一片绿叶。它很轻，很轻，但我的心，却很重，很重。

原载《闽南日报》2004年12月1日、《中国散文诗》2005

年第 2 期、《花厅》2019 年第 3 期,入选《中国散文诗年选》(花城出版社出版)

绿 风

扑面而来的,是绿色的风。

缠绵袅娜的,是绿色的云。

呼吸的空气是绿色的,鸟儿的歌唱是绿色的,树木的衣裙是绿色的,森林的梦是绿色的。

小溪流的歌也是绿色的。

放眼高处,一棵棵大树挂起绿色的旌旗,微风过处,涌动着不老的青春激情。

千万棵树木扬起绿色的手臂,拥抱七彩的太阳。

绿色的大海,弹奏着绿色的音符,激荡着我的心弦。

绿风染绿了我的诗心,每一句,都勃发着盎然的生命力。

原载《吉林日报》2023 年 2 月 11 日

藏起来的猎枪

一支猎枪被藏在一个猎人的阁楼上,静静地躺着。

二十多年了,它的身上铺了一层又一层的尘灰。

它可曾想起从前的"辉煌战绩":一只只鸟儿在它的枪口下丧生,一只只山羊、马鹿、野猪、白鹇被它毙命。

看见它,飞鸟惊心,走兽丧魄。看见它,它们跑的跑,藏的藏。

可自从自然保护区建立以后,附近所有村庄山民的猎枪便退役、失声,一支支躲在屋角睡大觉了。

于是,鸟儿们可以在树上纵情地鸣唱:喜鹊欢快地高歌,画眉亮出甜美的嗓喉,布谷声声催动春耕春播,黄莺用歌声唱得春天柳绿花红……更有山雀奋力捕捉害虫,啄木鸟啄木护树不止,猫头鹰瞪大眼睛凝视远方……

而那些四脚动物们也从此不再做噩梦担忧被猎杀,它们可以自由地在森林里踱步,或者互相追逐、嬉戏。

动物们庆幸猎枪的退役,从此不再喷火、不再发出恐怖的枪声,而人类则应早点醒悟、忏悔:为什么不早点将猎枪收缴入库归仓……

没了猎枪的大森林,天人和谐,万物在自由蓬勃地生长……

原载《清远日报》2022年8月31日、《北部湾文学》2023年第4期

涸河床

河水被谁抽干,只剩下这干涸的河床?

横陈躯体,赤裸裸地与我对视。

粗粝的石块在狞笑,圆滑的鹅卵石在窃笑。

没有云的彩裙,没有鱼的嬉戏。

没有鸟的倩影,没有树的依偎与荫凉。

奔腾的梦,何日复活?谁能还你绿色的生命、锦色的青春?谁能复活你深沉、激越的柔情和不停歇的歌唱?

欲哭无泪。

欲诉无言。

只有远方那光秃秃的山梁与你一样悲愤、痛苦与沉默。

谁在拷打我的良知,让蛰伏已久的美好记忆复活?

无法压抑……

面对河的死亡,我的心却暴涨起另一条汹涌的河……

原载《南海日报》1999年3月10日,入选《粤港散文诗精选》(大世界出版有限公司2003年出版)、《广东散文诗选萃》(中国国际广播出版社2005年出版)

苗　圃

　　田野里，一畦畦小树苗、果苗正在早春的阳光下幽幽地绿。嫩绿的叶子舒展瓣瓣的春意。

　　它们幼小，但都渴望飞到大山扎根，长成一棵棵葳蕤的大树。

　　它们稚嫩，但都盼望根深叶茂，枝繁果硕。

　　它们拥抱春风、春雨、春阳，也不惧怕突如其来的雨雪与残霜。扭着腰肢跳舞，它们伸出翅膀向春姑娘招手。

　　它们盼望成长、高大，让小鸟栖在枝头，一生与鸟为伴，日夜倾听鸟儿的歌唱。

　　枝干在无垠的春色中拔节，春色在它们的面前延伸，希望在它们的身上刻下成长与成熟的年轮。

原载《吉林日报》2022年9月24日

胡杨林

　　用坚忍不拔的意志在戈壁挺立，用坚韧的手臂与枝叶，抵抗风沙千万次的进攻。

任它冰雪盖地铺天，冻不死你昂首云天的坚强生命。

也许会有枝条被风沙扭曲，纵然雷风烈雨在你身上结下疙瘩，你的灵魂也是干净的，品格是坚贞的，信念是向上的。

屹立千年，是为守卫戈壁的绿荫；千年不倒，是为证实信念的不灭；千年不腐，是不灭的灵魂在燃烧。

苦恋贫瘠沙漠，你们手挽手、肩并肩，用绿色的爱，搏击寂寞的荒凉。

抚慰被炎阳灼伤的躯体，守卫一片清脆的鸟鸣，复活绿色的梦幻。

胡杨林，戈壁滩的绿色卫士，天地人，都应向你致敬！

原载《吉林日报》2022年9月24日

沙枣林

一株沙枣树挺立在戈壁滩上。

一片沙枣林秀茂在戈壁滩上。

退却的是脚下的风沙线。

沙枣树每时每刻都在与贫瘠、风沙、干旱、高温、盐碱或冰雪搏斗。

它们没有退缩。退缩即意味着死亡。

活,就活出个坚忍不拔;活,就活出个生机勃勃的气象。即使开花,也开一瓣金色的温厚与喷香之光焰。

枝繁叶茂的沙枣林,以绿色丹心给高原一部梦幻的童话,一片美不胜收的画意诗情。

狂风拨不走的绿云,守卫一方不凋谢的春色,让茫茫戈壁生长繁衍绿色的希望。

原载《吉林日报》2022年9月24日

大旭山瀑布[①]

几帘白白的、流动的布,悬在绝壁之上。这是几挂银瀑,掩映在绿树蕉林之间。那光,给大山以动感。

潺潺水声,或许没有雷霆万钧之势,却也有叩击心弦之气韵。

瀑泻岩石,溅玉飞珠,银花绽放。

浅浅的水潭,清澈见底。飞瀑旁边,风吹树影,阳光散金,翠竹秀茂,水汽弥漫,雨雾萦绕,如丝如缕,凉风拂面,绿树婆娑,美人蕉红艳诱人,让幽谷有了火红的暖色。

飞瀑之上，峰巅高耸，林木森森，云蒸霞蔚。时值仲春，赤、橙、黄、绿、青、蓝、紫，各色山花正争奇斗艳，芳菲诱人。

我忽然感觉神清目爽，哦，一定是空气负离子跑进了我的肺腔，将我的肺洗得一尘不染。于是索性又大吸几口，长长舒吐。这自然清新的风，去哪里寻觅？

有鸟从头上掠过，翅膀扇起一串绿色流韵，它的影子落在潭溪流泉。

有人将大旭山瀑布景观喻为"广东九寨沟"，我以为也可将之喻为"广东黄果树"，世界上没有两片相同的树叶，大旭山瀑布自有其独特风韵。

自然的清幽，生命的律动，在这儿得到和谐的统一。

离开大旭山瀑布，淙淙的瀑声，长久地将我的胸膛撞击。

注：
①大旭山瀑布：位于连山壮族瑶族自治县吉田镇大田冲村。

原载《中国艺术报》2023年6月14日

天鹅湖

粤北连山南部福堂镇有个天鹅湖,建于 20 世纪 70 年代,是广东十大中型水库之一。

——题记

湛蓝如黛,烟波浩渺,气象雄浑。

湖的两岸是连绵起伏的六庙山、十二峰山、马鹿山、五指山、横水山,浮苍叠翠。

装着大山的青葱,游走着变幻的云彩。

山峰倒映,绿树与芦苇在湖中摇曳。

静谧的湖,绽着蓝色的笑靥。

比梦更蓝,比幻觉更深邃辽远。

一幅流光溢彩的画,令人心驰神迷。

白鹭栖在芦苇与湖畔的树林间,蓦地起飞,在山谷起舞,掠过天鹅湖,振翅飞翔,那优美的姿势,不是天鹅,胜似天鹅。

风吹湖面,泛层层涟漪。定睛细看,原来是一群鱼儿在湖中游弋。据说,此湖曾打捞过五六十斤重的大鱼,那巨鱼该是什么模样?

湖水拍击大坝,溅起我记忆的浪花。漫步巍峨的大坝,我想起四十多年前,我与千军万马的劳动大军在这里挥洒热汗、修建水库的场景。那时，全县数千民工聚集这里，挥锄舞锹，肩扛手抬，还有隆隆的推土机声、开山炮声，山鸣谷应；入夜后，工地灯火辉煌，到处闪动着民工们忙碌的身影……

天鹅湖是湖，也是水库。建成后，福堂、永丰的几十个壮族村寨与一万五千亩良田从此再也不受洪涝冲击、肆虐。天鹅湖水库是当代连山人改造环境创造出来的激动人心的新"神话"。

天鹅湖水库是夜明珠。它是一座水力发电站，它将光芒输入千家万户，无数村寨有了熠熠闪光的"金葫芦"。

湖上泛舟，我的诗心如行云流水，诗情如奔涌不尽的天鹅湖水……

原载《中国艺术报》2023年6月14日

欧家梯田[①]

秋渐渐深，秋渐渐金。

欧家梯田的稻穗一日一日地金黄，一串一串地泛金，层层叠叠的金黄，像一块块金黄的地毯。

伴随稻穗一起金黄的，还有稻穗翠绿的外衣稻叶。

一粒粒稻谷硕大饱满，像一粒粒金黄的珍珠。

一层层的梯田，一层层的稻浪，直上云霄。山风吹拂，苗条的稻秆在摇，沙沙的稻穗在舞。

　　丰收訇然到来。太阳的铜号吹奏金质乐曲。

　　金色将躬耕的身影覆盖，将往日的汗水覆盖，将辛勤的脚印覆盖。

　　浮起来的，是即将收割的兴奋，是丰收满仓的喜悦。

　　一幅金色的油画，金色的光芒将山峦沟谷照亮。富有气势的金浪，在无数灼热的目光扫描中，荡漾着金色的旋律。

　　金色的光焰，将无数的瞳仁点亮，将沉寂的山村点亮……

注：

①欧家梯田：连山壮族瑶族自治县太保镇的一处山野田园，因其梯田壮观，近年渐成风景名胜。收割前夕，更是游客如潮。

原载《中国艺术报》2023年6月14日

草　色

　　草色是春天的脸。

　　青草在初春萌芽，春天返青，从鹅黄、嫩绿、翠绿到深绿。

春水滋润，碧草芊芊。在春风的感召和抚慰下，草色从稀稀拉拉、星星点点到绵绵密密，从纤细到茁壮，从矮小到秀茂……

草地、草坡、草甸、草山、草原，草色汇成绿潮、绿浪、绿海。

贫瘠的土地难见壮丽的草色。沙漠、石漠与盐碱地更难觅深邃的草色；"草色遥看近却无"，干旱土地的草色枯萎、焦黄，令人揪心。

只有肥沃土地的草色才蓬勃、葱茏、美丽、迷人。

草色蕴藏着青草天真烂漫的梦，它们一定梦过和煦的春风、温暖的春阳，梦过霜雪不会降临。但四季轮回的自然规律不可抗拒，它们与寒风搏斗，但终究不敌，枯黄便成了草色的命运。别了葱绿的草色，大地一片苍凉萧索。

草色是生命之色。春夏之季，它们尽显生命本色，绿得蓬勃可爱，在风中唱歌，在风中舞蹈。一旦冬天来临，它们隐身在地下，以坚忍不拔的意志与严寒冰雪抗争，守护自己的生命之根；得春来，它们又拱破地皮，将翡翠般的草色铺向山冈、原野、草地。

草色也是春色。草色旺盛必然导致冬的退却溃败，春意盎然。草色氤氲，春的气息便弥漫人间！

草色是希望之色，会发光、发亮，它能照亮灰暗的天空下遥远的地平线……

原载《中国艺术报》2023年6月14日

聆听鸟韵

"叽叽叽""嘀嘀嘀""咕咕咕""叽喳叽喳""嘀啾、嘀啾"……一声声鸟鸣,一阵阵鸟韵,打开我的双眼,霞光扑面,晨风拂心。

这是家乡的山林。昨夜,我睡在鸟眠里,今早,又被鸟韵唤醒。抬眼细看,苍郁的森林,高大翁郁的松树枝上,站着一只只亭亭玉立的鸟儿,神采奕奕地凝望远方,有的梳理羽毛,有的袅娜起舞,有的身披五彩锦衣:白色的,似白云;绿色的,似绿精灵;红色的,似一朵红霞;还有黑、黄、灰、紫、褐……各色羽毛,光泽鲜亮,美丽可爱。

它们都是山林的歌手,有一副好歌喉,能歌善唱,"间关莺语花底滑","叫天子"的雅号名副其实。画眉、百灵、黄莺、黄鹂、金丝雀……都是森林的"歌星"。嘹亮的、急促的、甜嫩的、绵长的,有的高歌,有的低吟,有的如银铃般清脆,有的如恋人婉转倾诉衷肠,悦耳动听,赏心提神,唱得树叶竖起耳朵谛听,唱得大山缭绕的白雾不舍散去,唱得百兽不愿迈步……

当然也听过杜鹃的凄切悲歌,"不如归去""不如归去",它一定是怀念着什么人,"报春沥血",情那么深,意那么切。而布谷鸟,总是用歌声催春,"赶快播种""赶快播种",于是,田野就很快热闹起来:犁田的、耙地的、播种的、插秧的……一派热气腾腾的春耕景象。

美妙神奇的鸟韵中,我听出了春光的明媚,秋色的绚丽,山林的幽静,泉水的欢歌,山溪的悠扬,山花的斑斓缤纷……

鸟韵鸟歌将我带进一个神奇的世界。鸟有性灵,通人性。虽然,我未能破译鸟言鸟韵的含义,但作为大自然的精灵,我听出了它们的欢乐、悲伤与向往,它们的喜、怒、哀、乐、憎。

聆听鸟韵,我的心也产生了共鸣,心长出了双翼,飞上树梢,飞上蓝天,与它们一起自由翱翔……

原载《中国艺术报》2023年6月14日

附 录

一部具有地域和史书意义的文学读本（节录）

——《岭南百年散文诗选》的启示

庄汉东

接到由成春主编、陈计会副主编，四川民族出版社于2020年11月出版发行的《岭南百年散文诗选》，我并没有被近四百页的厚度吓倒，相反，我甚至觉得应该可以再厚一些。毕竟是百年的选本，"百年"是一个足够令人生畏的词。如此悠长的时间跨度，该有多少时代的变故，又该有怎样的环境影响，以及多大的文化落差？对此，我只有敬畏。岭南，历史上的区位大致包括广东（含海南、香港、澳门）与广西地区，是一个具有独特文化的区域，以岭南文化作为本土文化，因此，它可以是特指；岭南同样融合多种文化，既受中原文化影响，也受海外文化影响，故内涵丰富，也可以是泛指。从区域文化到大同文化，既要有地方特点，又要与世界接轨。对于一个横跨多省，且具有特定区域的文学选本来说，岂是四百页的纸张所能容纳的呢？这样的创作对所有作者来说，何尝不是一种挑战！

当我真正打开这本书，看着"鲁迅、李金发、许地山、梁宗岱、冯乃超、黄药眠、戴望舒"这些有着"中国散文诗拓荒者"之称的先辈，以及"秦牧、彭燕郊、丽尼、柯蓝、耿林莽、许淇、王剑冰、邹岳汉、柯原、杨匡汉、刘虔、雁翼、夏寒"这些在当代散文诗界举足轻重的名字，无不令人震惊，他们撰写的有关岭南的作品，更是让这本散文诗选显得光彩夺目。当然，这本选集还关注了许多岭南本土或长期在岭南工作的当代著名诗人，如：郑莹、秦似、岑桑、华嘉、郑玲、倪俊宇、敏歧、冯艺、黄神彪、蔡旭、杨克、郑小琼、西篱、陈惠琼、黄礼孩、唐德亮、张慧谋、唐成茂、黄金明以及香港的张诗剑、蔡丽双、蓝海文、陶然、文榕、秀实、彦火和澳门的姚风等等，另外还包括一些西方作家，他们的作品无一例外地表现了对时代的拥抱和对人生的思考。

再如，一位本地作者和外省作者书写同一个题材的作品，《古哟咿》与《岭南竹林》：

伸手不见五指的天空，黑幔无声。

一座一座的壮班，泡在黑色的风中。

而火神躲在黑色大氅下，窥伺着，随时准备向某一户人家施以致命的一击。

今夜，壮家汉子们踩着夜的呼吸，啜饮夜的芳露，紧随夜的精灵，来到村头，在夜的心脏，点亮一支支火把，扎一间间草屋，在草屋上放一堆堆干草、鲜竹筒。

等待着,一个庄严的时辰。

"古哟咿!"老人一声令下,一支火把,两支火把,三支、四支……无数支火把投向草屋。顿时,草屋熊熊燃烧,烧红了壮乡的一角天空。竹筒被点着,"噼啪"作响,寂静的壮山仿佛炸响了一串欢乐的爆竹。

——唐德亮《古哟咿》(节选)

岭南。是谁的手指,拨动如此醉人的春色?

空气蘸满的汁液,在竹林的幽静里如琼浆玉露,流过我心灵的峡谷。

此时,林间野花的幽香,搭在鸟的翅膀上发出的声音,把我的灵魂卷进了幻境。

我看见那片竹子,最初的那枚绿探出了枝头;我听见竹林的呼吸,正在隐去昨天呈现今天。

——夏寒《岭南竹林》(节选)

同样是以岭南为抒写对象,唐德亮所选的题材是"黑火节",一个属于粤北壮族的节日,它除了是少数民族的独特风俗,还极具岭南特质,如果没有真实的感情,没有真实的接触,很难写出令人震撼的场景。所以,作为本土作家的唐德亮,一出手就抓住了这个节日的特点——在黑夜举行,然后把细节以递进的方式绵密地表达出来，层层铺开，层层关联，他的写作与节日的气氛有浑然天成之感。在散文诗的写作手法中，严谨细密的结构，通常作者都会十分慎重地使用，如果把握不好尺度则会流于形式，冲淡诗意。唐德亮之所以能运用得如此轻松，除了对现场实景的熟悉，更多的是他数十年如一日的诗意经验。

原载《岭南百年散文诗选》（四川民族出版社 2020 年出版）

庄汉东：江苏新沂人，中国作家协会会员，自由写作者。有作品集六部。

平实亲切,情满瑶乡(节录)

——唐德亮散文诗《瑶排》评析

刘谷城

　　唐德亮是一位作家、诗人,也是一位新闻工作者,足迹踏遍祖国大江南北,写下许许多多脍炙人口的篇章,其中许多记叙描写少数民族人文景貌的作品尤有特色,情感深挚,想象丰富,把一些琐细的生活碎片组织得熠熠生辉,令人百读不厌。

　　瑶排,即瑶寨,是瑶胞的聚居之地。全国最大最古老的瑶排在清远市辖内的连南瑶族自治县,谓之"百里瑶山"。那里山石林立,奇峰突兀,云蒸霞蔚,山光水色独特,充满了神奇的色彩。瑶胞习惯聚族而居,依山建房,房屋多为竹木结构,树皮作瓦作墙,层层叠叠,直上云端,形成山寨,谓之"瑶寨""瑶排"。

　　有不少人写过瑶排,或华丽,或奇崛,但唐德亮却写得平实亲切,感情深蕴,给人留下深刻印象。他以平实手法描叙瑶排,大处放眼，细部着笔，从杉皮、火炉塘、厅堂、谷仓、猎枪、窗户，到屋子、石阶、地坪，还有项圈、雉翎、酒、歌，一件件都有着不同的传奇，而又满是灵性。哥贵剽悍，莎妹靓丽，则是瑶排永不落山的太阳、永不凋谢的一花朵。勤劳、勇敢、刚强、乡邻和睦，几千年来这种传统美德把瑶排的日日夜夜照亮。

然而，今天的瑶排不仅是传统的，他们接纳了现代文明，融进了新时代潮流，开创了新的文化生活，在重重叠叠的杉皮房旁矗立起一座又一座砖瓦房和钢筋水泥结构的楼堂以及希望小学。在宽敞明亮的课室里，孩子们自由地呼吸着山里的清新，吸取山外吹来的文明，梦里填满欢乐与希望。他们将走出大山，走向世界，成为建设国家的栋梁。作者将现代瑶排镶进斑驳的历史里，使之更加明丽，更加悠长。不难看出作者对瑶排的感情是深厚而精诚的。

原载《凌云健笔意纵横》（群众出版社 2008 年出版）

刘谷城：湛江师范学院（今岭南师范学院）教授。

我与散文诗的结缘（后记）

大概在20世纪70年代，我就开始接触散文诗。印象最深刻的是读高一时的一篇语文课文——高尔基的经典名作散文诗《海燕》，读来真是极其震撼人心，有些句子还能背下来："在苍茫的大海上，狂风卷集着乌云。在乌云和大海之间，海燕像黑色的闪电，在高傲地飞翔。……这是勇敢的海燕，在怒吼的大海上，在闪电中间，高傲地飞翔；这是胜利的预言家在叫喊：让暴风雨来得更猛烈些吧！"不久，就读到当时在本县连山中学当语文教师，后成了广东第一个中学语文特级教师的语文教育家刘清涌在一家省级刊物对这首散文诗的解析文章。在此期间，还读过一些名家的散文诗，如叶圣陶的《五月卅一日急雨中》，但当时并未意识到这就是散文诗，只是被文中强烈的爱国主义激情与文采所打动。1975年春，读高二时，我在县中学农技班读书，爱好写作的老师苏杰昭写了一首题为《流动红旗》的三百多字的散文诗稿给我们看，没多久，这首散文诗就在《广州青少年报》发表了。这是我第一次见到身边的熟人发表散文诗。

我于1975年中学毕业回乡当农民，是年冬，购得一本中国现代散文诗大师鲁迅先生的散文诗集《野草》，我对散文诗这一文体才真正有了深入的了解。《野草》中的《野草题辞》《雪》《秋夜》《影的告别》《失掉的好地狱》《过客》《淡淡的血痕中》《这样的战士》等篇什，我都甚为喜爱并读过多次。鲁迅先生的《野草》被公认为中国现代散文诗的真正奠基之作与巅峰之作。高尔基的《海燕》与鲁迅的《野草》，应该是我的散文诗"启蒙"之作。

改革开放初期，读到了李华岚的《赶海集》，郭风的《你是普通的花》，柯蓝的《早霞短笛》，泰戈尔的《飞鸟集》以及纪伯伦的《先知》等中外散文诗经典作品。从20世纪70年代末至80年代，散文诗在中国忽又重新蓬勃兴旺，报刊发表的散文诗不仅数量多，好作品也多，再到新世纪，更是百花齐放，争奇斗艳。许淇、耿林莽、刘再复、彭燕郊、李耕、刘湛秋、刘虔、王宗仁、钟声扬、敏歧、峭岩、曾凡华、吴珹、王敦贤、王中才、赵丽宏、邹岳汉、王幅明、叶梦、柯原、倪俊宇、孔林、冯艺、唐大同、曾凡华、海梦、宓月、蒋登科、赵宏兴、王慧琪、晓桦、崔国发、严炎、皇泯、箫风、郑莹、蔡宗周，此外还有香港的张诗剑、文榕、蔡丽双……真是星光熠熠、繁花迷眼。20世纪八九十年代至21世纪初，韶关的饶远、桂汉标、师范同窗成春（笔名霜叶），连山的吕杰汉与林永泽，他们在报刊发表了大量的散文诗，是粤北地区熟人师友中有实力与影响力的散文诗人，他们都出过散文诗集，有的还出过多本。

我真正动笔写散文诗是20世纪80年代中期，但数量甚少，整个80年代大概总共才发表了十来篇。

说起来，我真是有愧于散文诗，近四十年时光，每年也就创作几篇，有的年度多些，有好些年份甚至空白。因为我的主要兴趣还是自由诗（现代汉诗）。

虽然写得少，但对散文诗仍是不忍割舍。进入21世纪，我对散文诗的兴趣愈加浓厚。其中一个原因是2005年创作发表的一组散文诗被收入著名散文诗人、编辑家邹岳汉老师主编的《2005中国年度散文诗》（漓江出版社2006年出版），大大增强了我散文诗创作的信心。此后，几乎每年都有散文诗发表与入选《中国年度散文诗》《中国散文诗年选》《中国年度优秀散文诗》等选本，有的还入选《中国当代百家散文诗精选》及一些儿童阅读教辅。在学习散文诗的道路上，邹岳汉、明江、海梦、宓月、杨志学、李斌、龚保华等老师给过我很多鼓励与支持，在此我衷心感谢他们！

拉杂算起来，我在报刊发表的散文诗也有一百多首，但一直未能有机会出版一本散文诗集。承蒙广东散文诗学会会长、著名散文诗人陈惠琼厚爱，将我这本散文诗纳入其主编的丛书，使这些零散刊发在各种报刊的散文诗得以集中与读者见面。感谢陈惠琼会长，感谢为这本小书拨冗写点评或序言的著名散文诗研究专家王光明，著名散文诗研究专家兼著名散文诗人蒋登科教授，著名诗评家、散文诗人杨志学，著名评论家张器友教授、邱婧教授，著名散文诗人徐启文、温阜敏，他们的点评为这本书增色不少。

有位文学名家说"文学是个灰姑娘"，一旦恋上她就不会放弃。

散文诗亦如此。爱上她，就成了终生的挚爱。

唐德亮

2023 年 8 月于广东清远